INK

文學叢書

123

幸福在他方

林文義◎著

【目次】

卷三・素顏

〈序詩〉聆聽

旅行回來是書寫之起始
子夜眷愛四百格稿紙
竟筆後盼與遠方戀人分享

我是唯一之聆聽人
最忠誠的讀者以及拂曉時
仍以最純淨之心向妳
輕道早安的不寐聲音

或許是首短詩、散文都好

隔河遙喚如同已等候千年
戀人已在前世明悉猶若碑碣

傾聽，首要學會噤語
因爲子夜有人那般眞情地
爲戀人吟唸每個字句
那是窗外最純淨之星光

想塵世互相猜疑揣測
少人以聖徒之心善待仇怨
聖經故意略過的一段諍言
大天使就因坦直被流放

所以如此值得寶愛珍惜
文學比擬聖經反而純淨

何是迷亂？何是眞理？
上帝在西奈山千年無語

我倆逆流而上蒼冷荒原
文學乃孤獨最巨大力量
讓他人炫耀、喧譁、爭逐
妳堅執守候如同不朽信念

我是虔誠的子夜聆聽人
妳的字句救贖我低陷魂靈
回憶之苦楚濛去，留存純淨

想深海幽冷必有特異水族
不需地表人類制定之律則
沈默閃眨光焰一種自由密碼

笑說：何以人類那麼多話
所以，摯愛的戀人啊
我寧願緘默，捨去往昔聒噪
只要靜心聆聽子夜妳的字句
猶若星依伴月，眞愛永遠追隨

卷一・情境

幸福在他方

暗夜書寫或閱讀之中，總是自我提示，以茶水（白毫烏龍或凍頂春茶）服下綜合維他命藥錠，明白這是母親所給予深切的關愛。

凌晨三時，固定的服藥時間。年近八旬的母親輕輕推開主臥室沉甸的厚門，探首我仍亮著燈光的房間，喟歎問道：還在寫嗎？唉，早點休息啊，每夜做暗光鳥，身體要顧好……有時會感到煩躁不耐，幾年來皆是同樣話語，想想也就釋然並感到溫暖，這是母親無求之愛。

忽地憶及，從十八歲至今，不渝地書寫、閱讀，已成生活慣性。夜深人靜，偶爾隔鄰斷續傳來的鋼琴聲，清楚的〈天鵝〉或〈小夜曲〉如同天使悄然降臨的天籟，是誰在彈琴呢？

我仍埋首書寫，是另類的音樂流過夜色。

文學摯友平路曾在爲我作序的小說集寫道——「我們這一輩的寫作者後來有話要說，爲什麼非要寫下去不可，多少跟當日所處的時代，跟那個壓抑的時代裡的憂悒：包括無能實現的個人幸福，以及其中不可言說的鬱悶，有很深的關連……」同年的作家，靈犀於心的感慨。

尤其是那句「無能實現的個人幸福」更令我讀之不禁感同身受地熱淚盈眶。作家，是天譴的另類抑或是永恆的戀人？明知文學宿命如此，卻也甘之如飴。上天一定賦予某種使命，猶如革命，那般堅執地絕決。

但，親愛的妳，請告訴我：幸福是什麼？半生錯過，不對之人相遇，只留悲憶。

那麼請爲我詮釋吧，幸福眞義爲何？

●

行過布拉格的冬雪，走遍土耳其冰寒的小亞細亞高原，讓Chianti紅酒醺迷我的托斯卡尼，美麗的女子曾以純淨的影像留下西耶納午後等待上菜之前潔白的臨窗餐桌；鋪著亞麻仁布桌巾的檯面，彷彿音樂劇即將開演。

那就是一種無塵、華麗且寧謐的幸福。親愛的妳，影像集成相冊，顯然是要我翻看一生一世，永恆的戀人攜手旅行，也許知心的相惜就是幸福的眞情實意。

有人去了威尼斯，歎息橋下盼求吮吻，據說如同信諾，就生生世世糾葛烈愛難離；有人大風雪之夜獨自抵達紐約，爲了尋訪一個自我放逐，傳奇中秀異的小說家，卻因而結束了原本可能幸福的未來，旅行，是詛咒還是歸零？

幸福在他方？遠遊意味著結束還是開始？

所有的心彷彿荒原，事實上是等待一個眞正的幸福；我所不渝的文學書寫，不就是如同古老的摩斯密碼，答答答……幸福的訊號傳遞給一個可以眞正知悉於我的知己，我永恆的戀人，妳究竟是誰？離我很遠，或者很近？

他人總以自我的期待衡量他人，世俗之論定誰應該適合誰？事實是符合自我偏頗地、約定俗成地體制化觀念，卻自以爲是某種眞理。世間戀人啊，切莫存活在他人制式化的價値期待裡，幸福的定義，只有戀人堅毅抉擇。

流言，是這貪婪、敗壞的島國人民最惡質、不堪的負面教養；見不得人好且吝於欣賞特立獨行之人的美質，不會祝福他人，何有幸福？

●

半生的旅人，長夜埋首書寫、閱讀的作家；疲倦入夢，苦思竭慮的字句如同飛舞之蝶。蝶翼泛著炫麗之華，哪怕醒來枕邊戀人不在，也多少憶及美麗之夢，醺後之酒，寂寥忘情。

春冷時節，戀人們應該去看燦放的櫻花。

小說家以「櫻花」爲題，卻是他生命孤獨之間，沉鬱之時的幽幽故夢，而後竟成爲他產品行銷的主要訴求，不快樂才有秀異之小說？那麼何不返回山谷之間，溪水之畔的鄉野之居，勇敢地放聲大哭，回聲應和他的美麗蒼茫；小說家終究會相信，他的人生還是很幸福。妻子喜愛山茶花，那麼小說家來年深秋植下幾株櫻樹：吉野櫻、八重櫻、山櫻，春到爭相競豔，小說中的櫻花自然是悄然呈露一種幸福的默許，幸福在他方？不一定，幸福就在最近處。

眞正的幸福，的確不易。親愛的戀人，彼此爲鏡，明暗光影，相互輝映，隱匿不眞，只會種下他日的陰翳心虛；何不眞實、明亮以待？眞愛的報償就是坦然，就是相知相惜，就是愛她如愛自己，一體雙生，彷若鏡之兩面。

作家在文學書寫之間，如鮭魚溯源。

鮭魚，腦中存在著永不磨滅的初誕記憶，所以，它是永遠的旅行者。旱溪阻隔，磊岩險峻，依然如同追尋生命最終的幸福。跳躍、衝撞，鱗片磨落，血跡浴身，幼魚出海，成魚返鄉，那種美麗的悲壯；戀人們，請反思學習。

塵埃拂去，純淨歸返。文學不就是作家一生最眞情的救贖？耽於世俗的論斷，你就是一尾挫敗的鮭魚。尋回自我終極之幸福，哪怕浴血折損，愛，已然在生命尊嚴中，勇健重生。

●

沙費那所歌詠的〈月神〉悠然唱起。

憶及雅典娜，就想到一九九四年冬日去了愛琴海；也許應該在夏日或初秋前往藍澄的希臘小島，那年冬旅，是去了斷長久深藏的心事，最初的青春烈愛，儀式般的在希臘焚爲灰燼。從此釋放緊錮不去的苦戀，還原最初的自我。女神像崩解，愛琴海千年不變的夏藍冬寒。

親愛的戀人，我們在相隔的時空，傾聽沙費那高亢的〈月神〉，銀白乳色的玫瑰散在布拉格帶回的水晶花瓶裡，與之傾聽；戀人含淚盼求的莫不就是一份相知與貼心？慣於研究航海圖，衡度義大利與希臘相隔的亞德里亞海。是的，未來的旅行，尋覓那無垠之海藍冬寒，愛琴海兩岸，電影《香料共和國》之場景，一定要舊地重遊，愛的歸皈，幸福果眞在他方？

文學，近遠來回，酒醺花香般地，如戀人靈肉合一，燭光與音樂，幸福其實不遠。書寫由夜暗到天明，晨鳥啼唱，草葉含露，雨落簷滴，愛如羽翼，翔至戀人彼此的思念，書寫彷彿戀人涓涓不絕之眞情，不用言語心領神會。

冥冥之中，一首幸福之歌，就是文學。

文學眷愛，猶如誓言相攜之永恆戀人。

書寫，是傳遞眞情的莊嚴形式，字句相連之間，印證愛有多深，幸福就毫無距離。

幸福在他方，事實在文學最近的凝眸處。

——原載二〇〇五年五月十八日自由副刊

秋葉雨

我不如到世界的盡頭

——松尾芭蕉

追循一六八九年，日本詩人芭蕉之文學步履，搭乘東北鐵道新幹線，從東京到仙台，僅需兩個小時；冷便當菜色多彩卻無強烈食欲，但就那雙層的保麗龍飯盒，織錦般的花紋令人愛不釋手，心想洗淨後，可置香花作爲擺飾。

日本東北的仙台，想到的並非幕府印象，竟是惦念這陌生之域曾經滯留過習醫的魯迅蹤跡。本名周樹人的小說家魯迅，年少時以爲習醫可救人無數，在深刻認知中國民心之腐朽敗壞百年沉疴之沉痛，毅然決然拿起文學之筆。

那麼，三百多年前的詩人芭蕉呢？彼時日本東北依然草莽未啓，荒野森林無路可行，旅程之艱難可想而知，若非文學撐持，以壯麗山川撫慰孤寂之心，哪會留給後代優美的俳句詩集，謂之「奧之細道」？

餐後的新幹線救火車輕緩晃盪，睡意萌生，眼皮沉甸，意志強行對抗，忽而憶及某年春節，戀人單獨從東京六本木撥通台北我的電話。哀怨地傾訴一個人在異鄉過年，那種美麗而哀愁之心境，我則淡然以對，公式化般地答以賀節之世俗辭令，並說，曾寫過一篇題名爲：〈地下鐵銀線〉的散文，其中提及六本木……。據說，戀人掛完電話後，在書店旁無助的哭出聲來……她不明白我是多麼愛她，只是難以啓口，以爲這男子多情卻似無心，幸福還很遠。

昨夜抵達久違多年的東京，我累積多時的夙願就是必得親往戀人爲我哭泣的書店——那支蘋果綠色澤的電話機旁，領悟她誤認的孤伶情愁；摯愛的戀人啊，不是無愛，只是害怕自己是否失去愛的能力，我的寂寞如妳等同。

終於，我來到六本木。終於，這滄桑初老的男子佇立在戀人哭泣的書店旁，蘋果綠電話機靜止，彷彿昔景重現，那種由衷體會的眞實幸福竟呈露出意外的悲壯之美；戀人啊，我低喚妳的名字，眼眶微濕暖烙的說——我來了。

我來了。印證眞愛永存於心，死亦難移。

深愁，伴隨著幸福，前來北國尋覓紅葉。

年來，試圖以詩叩問幸福之終極定義。那麼，秋時轉黃續之紅豔的葉片，該塡下怎樣的詩句？更久遠的三十年前我極盡濫情的少作名之：〈秋時紅葉暮〉，彼時慣於撿拾陽明山微紅楓葉，夾於文學書中，彷佛初戀，以爲那就是一生一世了。

●

欲雨的雲翳深攏，下一刻，冷雨譁然。視野所及，銀杏綠中帶黃，楓樹微紅，這還是本州東北之南，往上漫行，滿山秋紅是否可待？盼望遂成心事，不免憂忡幾分，如愛之願祈。

詩人芭蕉言之——我不如到世界盡頭。

走出繁文縟節的江戶城往北行去，遠方眞的就是世界盡頭？三百多年前，這自引爲悲壯淒美的詩人，怕是懷擁著一顆放逐之心，以竹爲杖，三弦當歌，吟哦寫下的俳句，是否抵達日本東北的青森？揣測詩人旅路末端，竟是茫霧海域，鯨群與鷗鳥巡迴，大氣裡儘是松香、楓甜夾雜著潮汐之腥羶……。

津輕海峽對岸是詩人未諳的流刑之土，凍原、冰河、火山、丹頂鶴、馴鹿和狐狸的北海道；芭蕉不曾渡海前往，否則俳句會更驚心動魄。世界盡頭？文學沒有局限，詩人困了自身。

露天溫泉名所謂之：「古牧」。不被預期，結識二十年的詩人竟在晚餐巧遇。怎麼，你也來了？淡然的彼此，彷佛早知會在此地聚首心照不宣地相互問安，隨即各自離去；多少輕微之黯然卻又相知相惜般地靈犀於心。也許應該主動約定，同去浸泡溫泉，相信裸裎相見更能心領神會，不必多言，此刻無聲勝有聲。

夜雨不歇，詩人是否已入眠？曾經滄海難爲水，我明白詩人之想念一如我思索，盼能與之燃燭酒聚，無關文學，寧願自嘲以慰相惜。

浴後飲酒，這瓶攜自台灣的義大利Chianti二〇〇〇年分的紅酒沒有想像的芳醇，多少挫敗了原先熱切期待的心情；詩人，你睡了嗎？

夜雨不歇，灰了意志，霧般冷冽襲奪而至。冷冽是種純淨，在更深入的高山，冷冽想必會讓楓葉一夜紅熟，猶如對戀人永世之等待。

●

大氣濕潤，冷雨浸蝕的奧入瀨。

泉瀑穿越秋葉林間，悄然無聲。

詩人芭蕉北行最後的跋涉嗎？兩百多年後的魯迅是否亦曾從習醫的仙台抵此？也許他們到達的時節並非秋天，那麼春季是瑩綠剔透，冬時銀雪紛飛，這條十四公里長的奧入瀨溪流，就是千年不變的容顏，如我此刻所見。

青春會老，心乃蒼茫，美麗盛景悄靜地任人探看；歲月已如深秋之肅索，華麗之映照只落得還諸昔事追憶。無須感傷，不必自憐，生命之符碼到了什麼階段，就勇敢、冷靜的承擔，一如摯愛的戀人與之共老，若秋時紅葉般之逐漸遲暮，能得以相知相惜就是最美的圓滿。

我的旅行，無非是求得文學更壯闊之胸襟，省思與漫溯，紅葉那麼美，溪流如此潔淨，該是這滄桑生命塵埃落定，滌心得以純然了。

回首來路的松島海岸，千萬年前火山活動的坍山入海，遺落的峰巒遂成數十孤島，遊船劃浪而過，珠串般群島遍植蒼松，望之儼然。

島岸丘陵間的瑞嚴寺及五大堂乃日本禪宗慈覺大師建構於西元八二八年，亦是一代名將伊達正宗所建之家廟，名為：菩提寺。這獨眼將軍寧據北方，不近京畿，多少有遺世獨立之蒼狼性格，看那蒼勁的巨松拔地而起，彷彿戰國時代，高舉握拳的吶喊，終歸歷史遺事。

置身於十和田湖的遊船後甲板，冷雨更是毫不容情的急驟，煙波濛漫，湖畔丘陵嵐霧迷茫，霞色般不失其壯麗，彷彿燦爛織錦，疋疋延綿不盡的大好山水，怕連文字都難以書寫。

再過兩個月，這美如夢幻的日本東北想必冰封雪凍，深邃數百公尺的十和田湖結不結冰？那時已是紅葉盡墜，只餘天地蕭索蒼茫。

這是我旅行的終點，又一次漫行的海角天涯，終於深切地感知詩人芭蕉北來的讚嘆——

我不如到世界的盡頭……。

——原載二〇〇五年十一月二十九日聯合副刊

紅柿子

彷彿最圓熟的秋季時分
戀人追尋紅葉粧點丘陵
旅人深情回眸凝視
竟是長牆裡急欲呈露
盞盞如燈籠般地，紅柿子
那是妳等候百年絕美的頰色

某年春冷，去了尖石鄉那羅的牛欄山。

泰雅族友人前夜獵了隻飛鼠，知悉我將到訪，真情實意地熱心，以九層塔香草、醬油炒了鼠肉；待三盃小米酒下肚，兀然端出冰藏的鹽漬內臟，誠摯地要我生吞兩顆飛鼠睪丸。

無法拂逆友人，猶記得雙眼遠眺這海拔一千兩百公尺高的後山滿天星辰，毫無意識地以酒液硬吞嚥下那異物（？），如同蛇食獵物般地不知所然……所有的星子似乎都譁然笑了。

思緒裡卻清晰地浮現一株緋紅的山櫻花。

胃囊裡明顯地滾動著難以消化的腥羶、不適，相互碰撞的異物；必須轉移意念，前望的闃暗夜色裡，印象中百尺外佇立著那株山櫻。

泰雅族友人笑看我的神色有些促狹，還是體恤地問我——習慣嗎？這是我們待客最大的誠意哦。我的朋友，要不要再來點飛鼠內臟？

我再盡了盃蔘茸酒，笑答——違反保育法呢？不過這三杯紅燒飛鼠肉好吃，可以了。

今年暖冬，種植的水蜜桃都沒收穫……。這下血本無歸，唉，打算改種日本柿子。

我默然，只是以視線尋搜山櫻花的位置。

●

山櫻花沿著整條河堤延綿著無垠枝椏，綠鬱如傘蓋，旅人漫行其間。秋陽似酒，看來要覲臨滿樹緋色，必得是春冷時節了。

這是深秋的日本秋田市，古來有「小京都」美譽的角館之地，完整保存著眾多古代風格的木造建築及昔時貴族和武士的生活型態。

「侍」這字正意味著幕府武士一生効忠天皇之赤忱，可爲主子而生，可爲信念而死。

幾條整潔的街廓，名之：「武家屋敷」，有著厚重、樸實質感，歷經近四百年的建築物在昭和五十一年時被指定爲國家傳統建築物群保存地區，其中的石黑家、青柳家、巖橋家、河原田家，爲佐竹藩主之四大重臣……。

彷彿古代重溯，旅人成爲歷史偶而行過的微影，垂掛胸前的相機僅能留住這清冷大氣中氳氤的吉光片羽吧？早被卸去家徽紋飾的刀鍔、握柄的太刀，泛亮著波痕般地微光，曖曖然靜臥在展示架上，所有的刀光血影皆是百年前的壯美遺事……英雄、紅顏俱已灰飛煙散。

妳會永遠追隨我來嗎？我摯愛的戀人。

自始相信，妳從很多年前，就爲了這最雋永、美麗的時刻，已靜心地守候半生。

或者相約，攜手天涯旅行，笑看人生到老，如春末去了京都，秋深來到這北國東北。

山櫻緋色待明春，我倆一生原來都是爲了彼此靜默地等候，如同文學必得以生命完成。

忽地，旅人驚喜的看見一株結實纍纍的果樹，戀人急呼——看啊，好美的紅柿子！

●

鯝魚洄游的那羅溪，銀片般閃熠如星光。

倦眼回看前塵，我逐漸老去的生命猶似溪澗裡那抹向晚陽光餘存的殘照；波瀾擊石，光與影相互輝映，我的意志而今是向前或退卻？

慣於獨自駕車走一高南下，從桃園左轉接二高，穿越龍潭隧道，從關西或竹東往群山奔馳，我的夢土，心所安頓的尖石鄉。

有人在那羅溪畔做了文學步道，詩人是反對的，我亦不很讚同，主因是六個漢人作家怎以文學侵入了泰雅族祖靈之地？就算書寫主題是以此爲念，眞能深刻的描述多少？促成者說來好意，因爲作爲文學老友的作家曾在三十年前執教此地小學一年，允爲第二故鄉。

二〇〇二年十二月十四日午間，我搭上飛往土耳其的班機同時，文學步道熱烈揭幕，六塊以巨大溪石鐫刻的碑碣各自呈現歌詠此地的字句，身穿泰雅族紋飾背心的五位漢人作家只有我在漸去漸遠的航程上，終究是缺席了。

土耳其歸返，獨自前往那羅探看，河岸文學碑羅列，這才見及自己所書寫的詩句——

鯝魚洄游，微雨的山呈露翠意
我行走，我沈思……
在陌生遂成熟悉的眼神中終於明白
生命之眷愛始於最初的純淨

文學如鯝魚，兀自的洄游不馴
美麗的泰雅家園，我所眷愛的尖石鄉
我所夢到，我所看見……
走過的路攜你前來
由於相彷的心

二〇〇四年夏天的猛烈颱風重創我所愛的尖石鄉，那羅溪畔的文學碑被襲捲的山洪流失，鯝魚群消失了蹤影……泰雅族祖靈發怒了嗎？或者這六塊漢人作家的碑碣眞是某種不敬之冒犯？所有形式予以毀棄，就請還之自然。

●

日本明治維新，一切因循歐美體制，幕府兩百年於焉告別。悲壯的武士猶作困獸之鬥，古典的日本神國飄落紛紛的櫻花，意味著階級時代的破滅，殘餘的貴族與寥落的武士往何處前行？割髮藏劍，只留存這角館最後的芳華。

古老的武士宅邸，只是另一種觀光典型的民俗村吧？藩主割據，戰國群雄，都付於一盃沁香的地酒，任令旅人笑談竊論；穿堂入室，屏風逐漸褪色的源氏物語之繪彷如人類歷史之前的岩穴壁畫。歲月無聲，我們亦被流光催老若小盹醒轉，已是華白鶴髮，認命自是必然。

摯愛的戀人，唯有一生以文學爲名。以妳爲鏡，映照反思，凝視之間，文學成形。

三百年前的詩人松尾芭蕉，近代的川端康成，都旅行到這武士之鄉，燦爛與寂寥對應。高壯的蒼松，秋紅的楓香，春日緋櫻粉白如吹雪……成就不朽文學，蒼茫年華就這般過去。

過去的生命終究累積追憶之沈重。青春傾往純淨的一廂情願，譬如愛戀；中年思索革命理想之弔詭，方知人心多端，明暗互見；初老明心見性，實是學習緩慢、放下又返回純淨。

而今，純淨僅是旅人與戀人最美的凝視。

角館繞尋，竟難覓方才戀人所驚豔之一樹紅柿，猶如人生不經意之錯身。

不見紅柿子，但願能以深情回眸說：我在。

猶如戀人最愛引用沈從文給張兆和的信——

我行過許多的地方的橋，看過許多次數的雲，喝過許多種類的酒，卻只愛過一個正當最好年齡的人。

只愛過一個正當最好年齡的人……。

沈從文之言可不是印證我一生所祈願的終極價值？相知相惜之戀人以文學相攜爲名。

角館武家屋敷行過，卻與一樹紅柿錯身而過。摯愛的戀人啊，不要感到遺憾，帶著幸福之心去旅行，回首彼此凝視，這顧盼就是圓滿。

圓滿之時竟是接續的驚喜，旅行歸返後，接獲禮物，拆見滿眼的橙黃、紅豔，一箱秋色盈香的豐熟柿子——來自尖石鄉那羅牛欄山，我溫暖的泰雅族友人。

——原載二〇〇五年十一月二十八日中央副刊

尋櫻

若說夕顏是拂曉的最初音息
親愛的，妳就是我最終的僅存華麗

相約旅行，方向朝北
從島國到島國，櫻花靜候戀人相會
信諾竟遲了歲歲年年……
青春至圓熟是妳，初老與蒼茫屬我

北方有櫻花，人生竟跌宕幾回
暮春三月，古都相隨

花期雖遲，妳是枝椏絕美的印記

露冷夜雨，久別的京都陰霾向我。

四分之一世紀之前，初訪這數百年室町時代，全然移植唐風的不朽古城；彼時青春正好，初習文學之心，風起雲湧之熱切是夢與現實強韌互相拔河的生命勁道，猶如闃暗夜空，忽地煙火魅惑、不被預期地昇起，迸裂爲多彩迷幻的莫大驚喜，彷佛，幸福就等待在遠方。

那年二十八歲。彷佛懷抱著堅執的朝拜信仰，向文學大師三島由紀夫致敬，於是莊重地走進了小說裡的「金閣寺」，穿梭在千佛並列的「三十三間堂」。冬冷初雪，櫻花是幾個月以後春天的事，文學的悲壯憂思，在於幾年前，心儀的小說家帶著「楯之會」的右派激進青年，占領日本自衛隊東京總部，切腹以告國人；如今僅存同樣具有小說家身分的東京都知事石原愼太郎，依然持續三島最初的悲願。

那群「團塊世代」的激進青年，二十五年後，怕與我一般初老，典型的會社員，提著公事包擠通行電車，沈默地翻看報紙、雜誌，時而憂心下一代兒女昂貴的大學費用，高額利息的房貸以及漸老失志的歲月蒼茫。四分之一世紀之後初老的旅人不是回到京都來追悼往昔前塵，單純地只是來看櫻花。

依然空禿的枝椏，少數櫻樹含苞待放，日式旅店時髦、亮麗的櫃枱女接待員說——你提早了一星期，四月初，京都櫻花處處，紅的，白的，一片迷人的緋色……。也許可以去南邊的清水寺，聽說產寧坂沿階走去，已有早櫻。

夜雨持傘，旅店小街幽靜無人，附近的「錦小路」古屋與新築並列，卻毫不衝突。簷下雨滴，門畔花圃，暈黃燈影照著旅人一身綽約；我的驚喜撫慰著尋櫻未竟的些許失落。

想及向晚的祇園穿梭，那家靜巷裡叫「楓」的料理店，二樓獨室，鮮美的石狩鍋，冰得適切的瓶裝啤酒，以及從中國青島來此唸經濟學，儒雅有序的英俊男孩侍者，索價雖高，卻覺身心俱歡，旅人之心，彷佛歌音相隨。

俟在奈良國鐵站下車，有人忽喚我名，側首竟巧遇一標緻女子，唱過〈你看你看月亮的臉〉的孟庭葦，言說帶母親抵此，同來尋櫻。只見美女身旁，微笑溫雅，略帶靦腆之婦人，忙執禮探問——伯母亦來尋櫻？花期遲了。

數株白櫻花，佇立於東大寺山門右側庭園，午後陽光暖照，池裡一雙悠遊鴛鴦，亦步亦趨，恩愛輕緩，啄羽溫頸，春日靜美之色。想到一路尋來，雲翳薄茫，丘陵綠蒼，偶晴時陰，喫茶店咖啡溫熱暖手，何日眞能執子之手，與之共老？窗外櫻紅一瞥，彷彿唇語寄愛。

鹿群散步，旅人駐足，尋櫻或者戲鹿？舉起相機，賣鹿餅的婦人旋即背對，想必思忖——不光顧，豈任你恣意按快門攝鏡？底片裡一定留存某種微慍，背影前後卻是不畏的鹿顏。

向晚尋「銀閣寺」，必得順著「哲學之道」沿溪上行。哲學之道？人謂「哲學」是理性，「文學」是感性，前者抽絲剝繭，後者內斂而放任。我只知道，百年以來哲學家大多沈鬱以終，文學人卻烈愛美質，生命絢麗且情傷。

溪之兩岸，櫻樹未綻，瘦稜若骨，想像七天之後，京都一城俱是緋色芳華，惜我早已歸返，但旅人且看且行，身心自在，幸福於斯；抵達本身就是一種美麗的完成。

向晚天光雲影呈露一種古老義大利柯羅版般透明玻璃著色的金黃色澤，右岸稀疏的散步者牽著秋田狗遛來如輕盈的風；粉紅雪白相間，透盈出暖橙燈光的小咖啡店隔壁就是以「風」爲名的藝品小舖。但見纖維細線編織如夢般似無重量的多色圓球，迴轉地旋繞，彷彿星辰運行，球內剪紙的蝴蝶精靈女孩，如夢似幻。

銀閣寺竟少櫻樹，夕照間，反而是滿園山茶花，燦放得那般恣豔，落瓣則撒了一地在蒼綠的苔痕間。塔上青銅的鳳凰鳥展翅欲翔，似乎啁啾百年，亦無幸於蒼穹九天的眞正自由。

旅人探問自由多少年了？旅人叩尋幸福半生，終於在這尋櫻之路深諳眞愛的幸福就在身旁所及之處；單純而潔淨地以心傾往，靈犀於內，終於可以反詰三島小說〈天人五衰〉裡的一廂情願，敬愛早逝的文學天才，我決定要存活得比您更好！所以不再重訪您筆下的「金閣寺」，不見櫻花，可賞山茶。

暮色凝紫深藍襲奪而至，一下子就墨黑。山門上門，階下的藝品店簷下的燈籠接手般點亮，一串串紅柿子般迤邐遠到視野盡處。

夜深旅店，倦眠有夢。鼻息間芳香的藺草味，枕褥軟陷，反身深擁，竟若戀人來夢中，四目凝看，互問：花期雖遲，愛，是妳我內心恆不凋謝之櫻，來年，必得趕上正好櫻季。所以親愛的，別遺憾，我們皆是彼此最美一朵。

被褥乾爽，夢中摯愛以指相握沈眠而酣。

終於在清水寺如償與繁美的早櫻面見。

晨陽透明晴亮，霧露仍濛駐在表參道兩旁屋前花葉脈梢，京都之南，櫻訊是否早來？

看見了，驚喜著，山門裡外櫻紅似火，焚燒而來的清水寺，橙紅若柿之唐代建築赫然在目；終於尋得燦爛櫻紅，怒放得毫無掩遮。

旅人停滯腳程，且以仰敬之純淨，拜謁這彷如為我尋之千里，終至幸福得償的早櫻。

親愛的，或許我該從京都捎一張風景明信片予永恆之戀人，多年之前想妳獨自來此，返來時向我描述秋深紅葉滿城，並在書信裡深情的允諾——有一天，定要帶你去旅行。

旅行是為了春來尋櫻，因為摯愛，我前來完成妳的允諾；也許此刻，妳依然在家園的幽幽晨寢，旅人將以愛捎寄一山櫻紅，越海穿山入妳夢中，紅唇展露甜笑，那就是妳所夢見，我為妳尋櫻最終的花雨紛紛。

——原載二〇〇六年二月《聯合文學》

巧遇志賀直哉

暗夜行路，卻在奈良午前與您相見。

尋櫻旅次，據說早來幾天，花季告遲。

京都微寒，回眸天色盡是銀灰；四分之一世紀重返的古城，日本室町時代之唐朝再現。我的旅路所出發，島國到島國的飛航行程祇要短短的兩個小時三十分；若駕車自台北南下到中部大城探訪兩位小說家摯友，亦是同等時距，我卻於依然春冷的三月底重遊日本京都。

櫻花都燦爛綻放了吧？肥厚豐盈的吉野櫻，纖緻若細骨美人之八重櫻……旅行社一再更換前往機位，日亞航換爲長榮再改回日亞航。好了，回程沒問題，去時午後航班卻要等待清艙的後補機位，我可以等，就是一定去京都。

若有櫻花，揣想美麗的京都必是緋色。

逐漸感覺失憶的我，二十五年前回首昔景過往，依稀彷彿，奮力追索——為了心儀的三島由紀夫，一定要去金閣寺！那年二十八歲，耽溺在三島小說：《憂國》之壯美情懷，二二六兵諫事件，就義前新婚的陸軍中尉與妻訣別前之最後歡愛……而小和尚苦戀，吶喊：「美，是我的仇敵。」放火燒了輝煌的金閣寺。

右派軍國主義者，小說家三島由紀夫在東京自衛隊總部悲憤明志，切腹以告自認國民意志已然渙散的日本群眾之噩耗傳來，我這初習文學之人，竟眼濕心熱的舉酒遙敬北方致悼。

那年冬冷陰霾，紅色夾克焚燃著向那壯美殉道的小說家致敬的悲情，心底燒著一把熱焰首度抵達京都，櫻花未開，古城初雪白霏霏。

●

重訪京都，已是半百過三之初老之年。長年持續的沉鬱之心意外有幸福感覺；好死賴活地拖過比三島由紀夫自戕時更長久的歲月，比擬中年早死的小說家我是否眞正快樂？或許他享有實質的婚姻、情愛之幸福，我卻長年漂流若櫻瓣落於河面，但此刻，幸福卻盈滿我心，許是多少已諳人生況味，誠如日諺所示：

生如夏花絢麗，死如櫻花飄零。

罷了，罷了。三島遠矣，文學不朽。早無哀悼之情，我僅單純不過地與幸福相攜，前來久違的古城尋求櫻花的訊息，但櫻花遲來了。

旅店主人慎言：何不往奈良？也許櫻花開了幾株，在春日大社，在鹿苑，在東大寺……

晨時搭上往奈良的國鐵線，二十五年前之朦朧記憶，丘陵積雪，天地銀白一片，佇立著日本第一大佛的東大寺，青銅悉達多，冷冽的映照雪光，闇黑裡看不眞切，如同此後我半百的迷惑與追尋；早櫻，是否戀人般靜靜等候？

奈良驛下車。陽光金黃乍現，以一種烘烤過之迷人麥色，請告訴我，櫻花究竟何在？搭上公車抵達奈良公園，沿一排纖細有致之竹林前行，赫見標有「志賀直哉舊居」指示牌，遂循路緩行，但見昔時幕府時代旗本建築沿途，黑瓦白牆之間，松與櫻相與爭春，景致靜美。

到了。志賀直哉之舊宅。繁綠樹影所擁掩的黑瓦木造建築，幽靜、寂寥迎我入內，僅有帶著滿心之幸福驚喜挪近；收費日幣三五〇元，門票是一張複印紙A4大小的說明書。

志賀直哉先生，昭和初期親自規畫設計，構築則聘請京都數寄屋建造，採西洋與中國風格，文學家獨特美質賦予扎實的工程進行，純靜樸實。完工後，直哉之新屋亦成爲奈良一地文化人聚會之所；他的名著：《暗夜行路》亦完成於我所進入拜訪的此地，尋櫻之途，巧遇志賀直哉舊宅，果眞是文學追尋的幸福降臨。

一張光可鑑人的桌面，巧思地置以兩朵紅色山茶花，彷彿小說家的手澤存留在不朽的生命餘韻之間。

除了山茶花，稿紙及筆或文鎮、懷錶、茶杯甚至菸斗皆不見（這是我的揣測）。靜謐無聲，空無他人，僅有我獨擁幸福的純淨感覺。

《暗夜行路》，沉厚的小說鉅作，就在這張置以兩朵山茶花泛著鮮麗微香的桌上完成吧？桌面空蕩無物；我卻隱約領會到作家逝去多年的文學靈魂，依然在這書寫的空間裡迴遊不去。

您正悄然地凝視我嗎？志賀直哉先生。昭和初期，一九二六到一九三五，十年之間，奮力勤寫小說《暗夜行路》，在每個夜晚到拂曉，闇黑中，究竟以毛筆或鋼筆埋首疾書？暗夜之喻，說的是您的現實關懷或是對時局的憂心忡忡？踽踽獨行，您思索的是日本的未來抑或是內心深處之悲歡私己？我只明白，小說往往比歷史還要真實。這豈不是所有苦心於孤獨之文學志業，堅執信念，不向權力者靠攏，有著悲憫良知的作家所共通的靈犀在心之永恆追求？

銅塑頭像沒有睥睨傲氣，微蹙之眉目，俯看於下，志賀直哉先生，文學人的憂懷哪怕跨越百年，相信寂寥等同。憂世懷情之外，您書寫的窗前，春來櫻紅，夏花絢麗，秋有松濤，冬雪飄白……您回首年少青春，您傷感初老悲情，這感同身受，不就反照多年後初老之我？

暗夜，我持續三十年不渝之書寫；行路於這芸芸紅塵，折損或者收穫；尋櫻於京都，奈良巧遇志賀直哉，幸福與我同在，這是文學美神賦予之福分，這美麗因緣，我將終生記取。

——原載二〇〇五年五月七日聯合副刊

迷魅之旅

被半世紀前，歐洲掠奪者砍去頭部的佛像，依然氣定神閒地拈花盤坐，頸間供以紅花；呼喚而今不知在哪個博物館陳列的微笑容顏。

是的，我靜默佇立於前，沒有祈求，未奉香燭，若仍有神性，願庇佑被鮮血浸潤的土地，被屠殺、凌辱的百萬人民……

這是二〇〇四年六月底的柬埔寨，我來。

午後，突來一陣暴雨，陰霾著這千年古城，尖塔以及四面佛顏，裸著半肩，深褐凹陷，僅以一層薄皮覆蓋稜稜瘦骨的老僧人，橘色袈裟，兀自低喃經文，石廟窗前，暴雨如瀑。

穿門越戶，必須低首，要塵世俗人壓下身子強作謙卑，抑或是印度支那半島子民過於瘦小？吳哥窟，怎呈露一種陰冷之迷魅氣息？

那是應邀出席兩年一度亞洲華文作家協會，專題演講之後的參訪行程，見到了年過八十菲華報人，詩家施穎洲先生。回首初習文學的弱冠之齡，翻看《皇冠》刊登，施先生精譯之〈菲華詩選〉，始悉菲律賓國父黎剎是浪漫理想的詩人革命者，被西班牙統治當局處以極刑……初識面見譯者施穎洲，我已半百初老。歲月彷彿這內陸窒悶的熱空氣，鬱結於身難以脫困，我的疑惑自始留魂於吳哥窟，如同夏季子夜惡夢，我盼期久矣卻險此喪命。

事情必須追溯，這惡死之地，每處沼澤，每塊田畝，據說不必耗費一槍一彈，波布政權唆使年少孩子，以塑膠袋套入以「反革命」罪名的成年人頭部，悶死了百萬人命；所以我所旅行的惡地，隱約含恨之鬼魂，揮之不去。

文學專題演講之後，太過凝注悶出一身熱汗。午餐後之行程無以免俗地前去民俗村，戲服鑲金嵌銀，綴以假翠仿寶石，笙竹鑼鼓齊奏之傳統婚禮演示，我倦於觀賞，邀之中央社國外新聞部主任王同瑀君步行兩公里路先行返回旅店，不想致命之厄運正獰惡的待我陷入。

名之「城市吳哥大酒店」，有一幽靜泳池，謐沁水面略帶濁意，沒注意到漂著落葉及蟲屍，顯示某種不祥。與曾在祕魯待了八年、精通西班牙語、博學的王君相約戲水消暑。

不諳水性卻呈魯莽之我，貿然入水泅去，目測此二十五米長的游池最高深度約莫一米八。自恃一趟由右到左應可完程，王君撥撿岸邊落葉、蟲屍，問我——何以無人戲水？如此溽暑之午，莫非所有旅人皆去了吳哥窟古城了？

沁涼之水，鬆懈了我的心防，向前泅去。

向前泅去……護目鏡水中潛望，濁灰陰慘，怎麼？陽光晴亮，水線下竟迷濛凝滯，彷彿膠著，待我換氣，雙腳一蹬，下意識輕觸池底，怎麼？怎麼？深陷於空蕩，毫無踏實，怵然一驚！池水灌入猛喘氣之口鼻，左腿開始抽筋……向岸邊挪移，竟不聽使喚，右腿異樣地明顯有強勁、凌厲的手指用力拉扯——救命！

救命——冒出水面，我尋求王君搭救……按捺慌亂，讓軀體放鬆，以為可浮漂水面，不對，不對！分明有很多手往下拉扯，顯然非置我於死地不可，溺水沒入，我用力掙扎！

鼻唇間儲存的氣沒有了。血脈直衝腦門，陰冷逐漸籠罩全身，我昏眩地沉入水底……凍結般地徹骨冰寒，死的悸懼迎身而至，我慌亂著將四肢試圖蜷曲成球狀，如同歸返於母親子宮羊水包裹的未誕胎兒，我，失敗了。

水腥味濁然地直入鼻腔，我會死在這異鄉惡地之處嗎？逐漸暈厥……陰慘愁綠的茫茫水中彷彿不見邊岸的無垠拉開等距，我眞的要死滅了嗎？王君仍未察覺到我已深溺，必然認爲我在潛泳……感覺眼睛暖熱，死前最後的落淚嗎？我所未完成的文學，我所未了的人世情緣，我追憶昔時的愛恨情仇，我不甘願，我不認命……求生鬥志忽地萌生，我作最後之奮力。

半醒半暈之間，我彷彿依稀地看見一張秀緻、深情的容顏，可不是生命深愛的戀人嗎？

你回來，回來。我在等候，你一定回來。

聽見了，如此深刻、清晰，我愛的妳啊！

用力掙動四肢，冒出水面大呼——救我！

王君終於聽到了，幾秒鐘後，助我上岸。

臉都充血脹紅了……我才發現你不對勁。那裡是深達兩米六的跳水碗狀深穴，太危險了……

王君用力拍著我已然僵硬麻痺的背脊，勸慰、撫平我生死一瞬的心，我喘氣直說謝謝。

你回來，回來。我在等候，你一定回來。

坐在池畔，救我一命的王君體恤地遞給一根香菸，我非常非常思念遠在家鄉的戀人，竟至泫然淚下，內心直喊著──我愛妳我愛妳。

是遠方戀人給予我最後的求生勇氣，我愛她，卻依然停滯不前，想起幾次酒聚，醺然大醉，戀人極其冷靜地帶我回家……我那般任性的，彷彿悶氣的小孩，深愛卻不欲表白。

險遭滅頂的幽暗子夜，終於撥通手機。國際漫遊從柬埔寨接通台灣，戀人應聲，彷佛重生的一刻，幾乎答不出話來，原來我已哽咽。

──往後游泳，請妳一定要在我身旁。

囁嚅地向戀人說午後之事，她憂心如焚。

靜靜地穿梭在吳哥窟古城四方，彷佛一夜之間整個昔時桀傲不馴的靈魂被換掉。千年的尖塔、墓陵、佛面向我，我則歸心似箭，呼喚離別多日的家鄉戀人，重覆地自語──愛妳。

原來，漂流半生的心，因遭險而深知自己是多麼依靠戀人之眞情，迷魅之後，幸福在前。

──原載二〇〇五年九月《皇冠》

漫行丘陵

台灣牛樟、相思樹及油桐花……各式植被拔地繁生，構成這狹長丘陵不朽的滿眼綠鬱。

旅人翻看地圖，啓程於桃園龍潭，終點則在台中新社鄉；雖說三萬六千平方公里的島國於世界地圖所置的位階算是渺小，台灣卻在行走之時變得很大，至少這旅途之地不曾抵達。

如果單純的驅車急馳近海、依山的兩條平行高速公路，側首凝看，連綿延伸，似無止盡的丘陵從北到南，磊磊堆積出一種溫柔如女體躺臥的靜謐姿態，輕緩流迴的山嵐雲氣絲帛般呈露著無言的款款深情，煙雲背後，竟是中央山脈雄渾、堅定般男子的壯闊與絕決了。

或者，旅人應該有著一份柔軟之心，溫潤之情，以書信形式給暫別的戀人捎封短信，告訴摯愛的女子說，帶著幸福的思念，旅人正在丘陵地帶漫行，時值秋日，油桐花期早過了。

猶若歲月初老，多少次行過這狹長丘陵的邊緣卻不曾深入其間，一如戀人在生命美麗時光的最近處，旅人卻輕忽錯身，待塵埃滿身，滄桑於心之沉落失志時，戀人帶著幸福前來。

是哦，怎麼未識這片丘陵，如同孤獨的生命人間飄零，卻不知彼此已靜候彼此半生。

願意純淨還之文學，像舉目皆是丘陵繁盛的永恆植被，不諳的樹種、花植；這綿延百里的丘陵漫行，開始說起沉埋心事。相信每一棵巨樹、每一朵花、每一片雲都在靜默的風景之間，有關於身世的祕密，像戀人之眷愛與堅信，如此之美麗，如此之溫慰。

那是客家後裔百年來生死以之的地方。茶農們墾拓亂石與雜樹爭奪的荒原，從海那邊的唐山故土移植落地生根的茶枝。赤紅泥土彷彿炙熱之期盼，祖先篳路藍縷建家園，僅爲子子孫孫百年後安身立命，福祉永續。

龍潭與關西、北埔接壤之處，客家後裔的茶農種植著嫩綠、蒼翠的「膨風茶」。這茶之名說來突兀，台諺：「膨風」意味誇張不實，吹噓侮慢。茶汁色如琥珀，入口微澀，下喉回甘。史誌記載：百年前的清、日兩朝遞換之時，這茶冠名以Formosa Tea遠銷嗜茶以午後清談論世的英倫三島，盎格魯‧撒克遜人飲之傾往，稱譽：「東方美人」。近人則以：「白毫烏龍」命名，此地頑抗般仍以客家慣稱：「膨風茶」，想是尋根般地鄉土意涵，不言而喻。

在往後的丘陵旅途所見，山間忽地出現歐式咖啡店形式，那種在森林與溪流間，開拓出平坦草地，蓄意修茸過的，或植以短莖朝鮮草，張著米色亞麻仁布遮陽傘，複刻法國普羅旺斯般風情，或植以紫色薰衣草，模擬日本北海道富良野式的靜謐，經營者用心良苦，但咖啡平淡，餐食尋常，不如眺看丘陵自然。

反而偏愛山中蟄居，埋身創作的藝術家，但見原是三義街上的木雕師傅，經營民宿，五間清淨、雅致房室接待訪客，民宿採客家紅磚三合院構築，左側以鐵道枕木削之爲寬廣的工作坊，文明黑瓦屋頂下，木牆著以柏油禦濕潮；林間拾掇枯枝，樸拙地拼湊出既抽象又擬眞的鹿群。現代回流古典，亦見其所雕之傳統佛像，曖曖含光，低眉慈悲，若有所思之神情不就也是這手藝人靜心養性的自我提升之志。

夜宿丘陵民宿，這人攜我沿著依然土石磊磊之山徑上行。隱約可見途中高低起伏之溪岸皆逐步完成了駁崁，取自大安溪卵石，民宿商家坦言，這路，這些公共設施，非他們所能，是水土保持局鼎力襄助，問明住民所需，適法合宜執行。蜿蜒的產業道路伸展入原是荒蕪山間，不壞林相，力持自然，而後農人自行整地建屋，休閒以名，試圖提高種物及觀光產值。

拜訪以切割銅片鑲著彩色琉璃的燈雕藝者，只知其人姓白，爲一創意非凡的女子，竟未能面見請教，倒是工作坊右側那狀若蒙古相撲壯漢的陶藝家，請我喝酒、抽菸。

不見燈雕主人，但一室炫麗多彩的作品彷佛夏夜眠夢中光怪陸離之幻境，又似嘉年華會般的歡樂中隱約帶著迷亂的釋放狂喜。據說最初創作者未抵山間之前，常至海岸尋之漂流著陸的各色玻璃碎片，而後捶敲如布疋般的黃銅片，切割、鑿以細孔，完成物內置燈泡，插上電源，滿室忽地星光燦爛般之驚豔。

星光燦爛。秋夜的丘陵竟是難寐，山風徐來，林葉窸窣輕晃，彷彿戀人之遙喚，說，愛很簡單，相思太苦。此時幽深靜謐的心映照著遠天閃爍的星辰，昨日與明天接壤的一刻，很想向遠方的戀人形容這短暫之旅的途中所見；觸及愛，似乎所有的描述皆成徒然。

眞愛，昔時緲微如星光，猶若幸福未竟。

曾經探問，雋永之幸福眞的那般艱難嗎？是自己太堅執或太任性？昔時總至死不悔的追尋最遠的星光，卻忘卻最近的玫瑰。前者是無以觸及的茫茫前世，後者卻是傾談此生的解語花，但願不再耗損，只祈老來依伴相隨。

依伴相隨的感心，明顯的泛亮在「臉譜」工作坊的夫婦淺笑、知足的容顏上。稱美他們的女兒考入台南藝大，擅長鋼琴，忙著勸茶待客，忙不迭意的說及這莊園若非水土保持局協助整建那風災、雨季時一再崩塌的溪邊坡岸，不但扎實了駁崁，原先氾濫的山溪也得以整治……一個美麗家園的終極願望。其實這女主人在她訴說同時，凝神回眸靜坐不語的先生數回，深情款款地明白，何是眞愛，何是幸福。

所以，每一幅描摹多色的國劇臉譜，都流迴著一種靜美、自得。如果未曾抵達，何能尋見這丘陵地帶，這般看似出世於氣定神閒，又必得入世以現實營生的群落？反思自我來處紅塵翻騰，置身禁錮都會水泥森林，虛名浮利困惑本心？欣羨丘陵群落，但亦不需效尤，學習明心見性，文學爲師，自有天光雲影。

也許來年，旅人攜著戀人重遊，如是初夏可見油桐花遍白丘陵若雪，茶好不必吹捧，甘澀由人論定，只要摯愛戀人相攜前來就是圓滿；旅人先行探路，丘陵依然陌生。

因爲所有的風景皆在挪移的時間之中歸零、重生，記取初顏，再來時已是相異花葉。有若人生行路，前未知昔難回，宿命就是修行。

漫行丘陵，帶回給戀人，是旅人的謙卑。

——原載二〇〇五年十一月十四日中華副刊

想我昔日的戀人

那時剛念小學三年級的女兒，梳著兩條可愛的豬尾辮，悄然進入我正埋首書寫中的幽暗房間，堆滿了各式文學、藝術書籍；小精靈般地飄到我身後，似乎與空氣合而爲一，靜默無聲地以她那黑亮的大眼睛，觀測一番，自始我不曾察覺女兒進到門來，終於，她拉拉我的衣襟，輕輕扯了幾下，我回首，她卻不發一語。

「大咪。」我喚著她的小名，微笑以對。

「爸爸，我要那……」女兒指著稿紙散置的桌前，筆筒、釘書機、茶杯、畫冊……

「妳要什麼？」我再問了一次。

「音樂盒。」女兒凝注、堅決地回答。

幽暗的書房裡沒有開窗，白天彷如黑夜，僅有桌間書寫時亮著的六十燭光枱燈，這樣夜以繼日地伴我創作生涯，女兒要音樂盒？

尋呀尋的……記憶湮遠，是有那樣的一只銀色匣子，卻，置放到書房何處？十歲的女兒看著因急著尋物、窘狀頓生的父親半晌，她卻挪動圓胖的身子，好整以暇地端起小矮竹凳，站上去，在牆間那排厚重的日本集英社的《世界美術全集》中，捧下了那只略爲蒙塵的匣子。

放在燈下，掀開盒蓋，叮咚的音樂輕脆迴盪而出，一個旋轉芭蕾的小塑膠舞伶轉動，舞曲是：〈給艾麗絲〉。遺忘，彷彿窗外吹過的風。

妳的十七歲，白皙若雪之顏猶若日本娃娃，善於鋼琴，短髮輕飄在耶誕夜的晚風裡；那個冬天在陽明山女詩人的大學宿舍，妳只傾聽。關於法國女作家莒哈絲之傳奇，遙遠年少的印度支那，年約十五歲的法國小女孩遇見了被傳統體制所壓抑又極欲掙離，憂鬱的中國男人。

那種悲戀，讓莒哈絲的小說不朽。而那時我們正當年輕，不諳情愛，只是羞赧，若有似無的純淨情愫，如何說，是一次美麗的初戀？

音樂盒交給十歲的女兒，僅有的信物。

在所有的靜寂之夜，妳在黑暗裡，那雙眼眸貓般地閃亮如無可臆測的詢問；我則深擁妳裸裎的肉體，月白色如山脈延綿之起伏，微歎輕起旋又墜下，不知是歡愛之情悅抑或對未來不可確定之疑難？窗外的稀微星芒，溫柔以及狂熱，反而是我茫惘的自問：我們的未來呢？

群島秋深遍地野菊，朔風強勁，潮浪奔湧，妳回眸之時，那慘澹的笑容彷彿亡故。我慣於提及詩人沈臨彬在島上的少年記憶以及晚年時未竟的散文：〈深海記事〉。妳兀自撫弄著向晚海風中狂吹的黑髮，歌吟般地唸起：

深情眷愛的男子，好似從霧中悄然走近。

我說，霧中的男子純眞與邪惡爭執，就像背上長著翅膀，腳底生出樹根，緊紮地層深處，不斷相互撕裂的魔羯座O型。

妳慧黠地摘取野菊輕含於唇，安達露西亞女子跳佛朗明哥舞的姿態，問說：愛有多深？我沒回答，只是眺看濛霧漸濃的海域，思索著詩人將如何詮釋他的〈深海記事〉。

然後是島嶼西岸尾端，懸崖上的古老燈塔，日暮時分，暈黃亮起；百年之前黑旗軍劉永福在這海域大敗法國遠征軍，孤拔將軍悲憤病死在此地。我在說歷史，妳離我三十尺之遙。

妳喟然地自語：果真是，天涯海角。

●

夢，走在眠夢的邊界，零碎如星片。

維多利亞港燈火燦麗，妳從天星小輪舷前消失在我尋覓的眸色之間，一秒、兩秒、三秒……我逐漸焦慮起來的心，妳宣告忽然消失半分鐘的慧黠——失蹤了，你怎麼尋我？

夜來有夢，竟就是妳幽幽地告別。

我逐漸老去的心，妳還青春有待。

彼此的往昔，皆是哀愁難以成歌，那麼我們如何來完成一次華麗的香港旅行？文化中心上演著歌劇《悲慘世界》，妳說，愛不要悲慘，哪怕告別的手姿也要優雅且深刻，要妳，永遠記得我；猶如《歌劇魅影》那戴著半邊面具的鬼魂永遠記著青春可人的克莉絲汀陷入萬劫不復的焰火地獄。欸?你這男人吝於言愛?我就是口拙,就是說不出:我愛妳。

時光忽而停滯,像忘了翻轉過來的沙漏。很多年以後,妳已是有夫有子的婦人。也許香港重遊,穿梭在中環與九龍之間的天星小輪上,依然的夜色燈影,妳必有追憶卻已然噤聲。

曾有那麼的一個男子,與妳在島與島之間歡快旅行,雍記食舖的龍蝦泡飯和麗晶咖啡座的爵士鋼琴,發亮的琴酒以及石斛蘭……。妳或許前半分鐘的回憶不忍地別過頭去,試圖奮力遺忘,或者暗自追索;下半分鐘,回過眸來就必得面對現實。妳的丈夫,妳的孩子。

多年前,天星小輪失蹤的半分鐘,妳在哪裡?泅泳過夢的邊界,越過那條紅線,就可在海闊天空,都是陌生人,都是,陌生人。

●

二十年前吧?在南中國海上空兩萬六千尺才愕然驚覺遺落了最初的訂情戒。終究,一生再已難續前緣。明白意味著,鐫刻著妳我英文名字的白金戒指所遺失之地，是在離妳最近的地方；從此，我不再思念。

不再思念後的六年，妳卻回到我早已空白的記憶並占據位置。都已是十二年後的滄桑前中年，長髮依然飄逸，臉顏仍是青春，只是彼此的眸裡同樣地倦怠之色，不約而同的互問：

這些年，你，都過的可好？

好或不好，是世故禮貌的問候。終究是一別十二年，有好有壞，幸福像賭盤裡的圓球，滾來滑去，中獎或失局，罷了，人生何如似？

又是六年之後，妳是旅行團領隊，我是客人，一行十人前往冬來冷慄的愛琴海兩岸。愛琴海？沒有愛情，我心冷如飄雪之寒冰。嗜飲的紅酒再也暖烙不了最初的離袂；寧可像老友敘舊，平靜無緒地相互遙敬，就算碰盃也是冰冷的應對無聲，青春烈愛早在十二年前成了灰燼……說來我們都太殘忍。

當年在偌大的舞蹈教室，面對整牆明鏡，獨自跳舞給那穿野戰服男孩看的女孩哪裡去了？同一條軌道，漸行漸遠，相背駛離的列車，再也沒有交集。多年後重逢已是相異之河，妳還是不懂我的心，我也疏於去努力了解妳的世界……眞像昔日戀人所言：天涯海角。

不渝的情愛，眞的眞的，很不容易。

●

也許不應該錯失，向妳告別的卻是我。僅有一生的一次，捏造一個謊言，宣稱有人在遠方等我。如小說般虛擬，連我自己都不能說服。荒謬的玩笑試探卻深深傷妳心，我未諳一向柔美如鴿的妳會因此走得那般決絕，而我卻未曾求告那是謊言，也許此後妳信以爲眞。這是我的卑劣，我的罪行，我的報應。

幾年，妳自始靜美的守候，一如眷愛鋼琴、文學以及年輕守寡的母親；寧靜、美麗的側影，在燈下給予我一封又一封的信，盼望某種未可預期的未來，我卻悲觀地揣測：幸福不是眞的。這是我的盲點，我無可救藥之自虐。

告別的妳，妳往後遇到的男子比我更好。

一直漂流的心難以安定，似乎幸福的信仰僅存文學，情愛於今，太奢侈，太難以逆料。

有人說我太愛文學而少愛戀人。

文學彷若我的密室，像吳爾芙所言：自己的房間。我也渴望愛，沒有愛何有文學？是否，我仍在靜靜地等待，有那麼的一個女子，在很遠或很近的地方，一樣在靜靜地等待著我？或者，宿命讓我與她錯身而過？或者，眞是某種天譴，讓我未能尋得無能實現的幸福？

往昔的戀人猶明鏡般地，映照出自我的執拗與自私。感謝妳們，玫瑰般之美好賦予，看不見的，是深埋在我眼裡的樑木，對不起。

相信，遠方的未來，幸福的眞愛在那裡閃閃發亮。

——原載二○○四年十一月十九日自由副刊

卷二・幽然

無境飛行

幽然醒來，闇黑空間幾疑是熟稔的房室；待回過神，視覺逐漸適應室光，彷彿依稀的人影挪動，猶如漂蕩的靈魂，似眞如幻。

只有自己心裡聽到的微嘆，翻了下痠痛的身子，想逼使自己繼續睡去，卻格外清醒！側首狹窄的窗外，無邊無涯的黑夜，無月無星，隱約的冷色閃光如遠雷，這才全然確定，自己所置身的是三萬六千呎高度的長程航機艙裡。

似乎所有的人都沉睡著，如有眠夢，是來處的故鄉或是揣想的異地？與我同樣搭乘這架越洋跨陸的廣體式飛行器，從上機到下機，數以萬里之遙的旅人們，我們永遠陌生，不同人種，不同國籍，相異的宗教信仰及意識形態，樂觀主義者宣稱說：我們皆是地球村的一員。地球究竟有多大？沒有人明確的給予答案，一如這長達十七個小時的航程，無論這架航機是波音七七七，麥道十一或空中巴士A

三四〇似乎很少旅人會去細心研究所搭乘具的類型，只要能夠如期準時的抵達要去的地方，效益已達。

我則是永不饜足的從每次的飛行裡，緊貼著機窗，觀測翼下的巨大發動機，龐大如鯨體的勞斯萊斯，狹長如梭的普惠，發電機體般的奇異……它們焚燒著來自裝塡在雙翼之間的燃油，推動六萬五千磅的力道，往前直奔，時速九百公里，劃破、切割著離地三萬六千呎高空，零下五十度的冰冷大氣……。

我用力喘了口氣，此時需要一盃芳醇的紅酒，始能調適我微微躁鬱起來的被封閉感（機艙全面禁菸多久了？）或者要盒撲克牌，替自己算命、撿紅點。座前的九吋液晶電視按開，航行圖顯示著陌生的國度城鎮介乎於俄國大陸與中亞之間，航程仍然很長很長。

所有的人似乎仍在沉睡（？）也許戀人裹著薄毯，輕擁深吻，或者還是有人睜著一雙茫惘之眼，苦思人世現實種種困阨，譬如財務面臨的危機，婚姻的險峻，生命一分一秒老去。

我總審愼的按開頂上的看書燈，黑暗中猛地一束刺眼的光投下，有種打擾到他人的不安感覺，拿出手記攤開在小餐几，開始書寫。

書寫，也可以在古教堂前的青石台階，鴿群低首啄食或展翅高飛，都在羽翼喧譁裡成爲手記紙頁間一段文字的純淨逗點。

書寫，也可以是波濤洶湧的島岸，偶一投眼，遠海那蒼藍如墨的詭譎及無垠，你無法以筆觸前去測量海的深度。卻隨之臆想千噚底層也許猶如永夜的幽冷黑暗，怕連深海魚族泛著螢光青藍的鱗片都無以照亮……才思忖片刻，你要的研磨咖啡就端了上來，記得是要熱的，送到的卻是高盃加滿冰塊，上面綴了朵石斛蘭，些微惱意，卻又看見土著服務生，黑亮的臉顏泛汗，露出有著卑微歉意的笑容，才想起這裡不就是炙熱終年的赤道以南，喝熱咖啡？

黃色的古老電車沉緩的滑過異鄉古都，置於其間，卻不知道自己要去何方，憑著手裡的城市地圖，僅約略知悉好像過了市中心河上的大橋往前兩公里，民族博物館就在大學的旁邊，結果下了車，卻來到逆向的另一個所在，也無所謂，旅人的腳程本就是從陌生到陌生，迷路莫怕，就當是無心隨意，走到就是風景。

感覺饑餓，尋得餐店就坐下來，當地居民的尋常食物、飲料及酒類，反而凸顯眞實。某次，我誤入了一個巷裡的阿拉伯水菸館，但見暈黃的油燈猶似百年之前，亮燦如花千盞，紅火色綴以伊斯蘭傳統紋飾，男女十多人或臥或盤腿而坐，舒坦的吸著水菸，巨大的玻璃管裡水沸沸然，像一種莊嚴的密教儀式，那種古代的華麗帶著某種生命的沉墮，金黃色的香氣以及彷彿耽溺後宮肉慾時的鬆弛感覺；我喚了一套水菸，靜觀審視學習旁人，竟也呼嚕呼嚕的抽得眼花撩亂，氣喘嗆喉，看我取出相機，侍者以指抵鼻輕微左右搖晃，不得攝影之警示，我遂倚著手邊矮几，就地書寫。

手記本直覺的留下旅人的足跡，我從堆積泛黃的紙頁間逐一回溯記憶；歲月無聲的流過，不再的青春卻記載著膠著於匆促書寫下來的異國風情，是我的生命某一個時程，停駐在遠方冷慄雪色或炙熱如火，文字說著昔事。

或者，我久不再翻看，讓記憶中的旅行逐漸歸零，好似遺忘曾經烈愛過的戀人，那般傷心乃至淡然，書寫像一種原罪，永難脫身。

●

旅行歸來，某地卻如夢魘，時而明滅隱約，惦記像久久不去的呼喚：再回來啊，請你一定再回來……。是否旅行意味著另一種沉迷的宗教形式？你，還是會舊地重遊，猶如自我的堅定許諾，彷佛有一個人在殷殷等待，或者有一件事，覺得仍未完成，於是你再去了。

也許，選擇另一處港口或機場進入多年前曾經來過的國度，上次所錯失未訪的地方在重遊時可予以彌補，就算是再將原先行過的旅路重複一次，最初的陌生會變得意外的熟稔——好了，那以出產橄欖油知名的古代城邦，你以著怦然心跳的狂喜，一下子尋得山城中心大廣場還曾經令你留連難捨的露天咖啡座，黃橙色桌巾，深綠色藤椅，推門一看，留著短髭冷靜性格如艾爾·帕西諾的店家，似笑非笑的作了個邀請入席的優雅動作，你在怒開的九重葛火焰般氛圍裡坐了下來，迴看四方，午前的冬日陽光燦爛如銀，在冷慄的季節顯得如此之奢華，市政廳巨大的尖塔陰影將廣場一分為二，旅人們三五成群，坐在往廣場中心傾斜而下的青石磚上，好像在觀賞著某齣戲劇的演出。

熱呼呼的咖啡冒著白氣，悠然自在，再次重遊，你就已自然的融入此地的歷史與人民的生活情境了，哪怕僅是恍惚一瞬，皆為永恆。旅行終究償還了生命未竟的種種缺憾，只有暫別令你神傷倦怠的工作、居住的家，任性、勇敢的放逐自我，蒙塵之心方能尋得救贖。

穿越永遠陌生的國境，飛行在海洋與大陸的酷寒雲端，我們都是沒有疆域阻隔的漂流靈魂，是卡繆筆下所書寫，永遠的異鄉人。

旅行仍在延續嗎？半睡半醒之間，彷彿是決定到一個北方曾以海盜及捕鯨知名的城市，據說北方近極地的茫茫海域，潮水深藍如幽冥之域，那裡找不到邊境，只有流冰以及極光。

所有的旅人都沉睡了嗎？只有我仍堅執的在光束裡默默書寫，有時就毫無所覺的流淚，也許就在深邃的眠夢裡，夢見無境的自我飛行。

——原載二〇〇三年九月《聯合文學》

西耶那

每年一次的賽馬會，雖不曾躬逢其盛；這古老的義大利山城，卻連續兩年的冬日拜訪。

賽馬會舉行了幾百年，據說每年夏天，山城所屬的托斯卡尼區域就歡騰起來，家族的彩麗旗幟、壯碩的馬匹以及橡木桶裡逐漸成熟的Chianti紅酒以及田園、丘陵之間在暖風裡微微搖曳的橄欖樹。

初訪是驚豔，重遊則是沉靜而莊嚴。

主教堂橫條紋黑白兩色的大理石，深邃的神龕中停駐著神之輝煌，呈現著生命充實又虛幻的不切實感，一如點一盞白蠟燭要交給神兩千五百里拉，聖母與聖子的小畫卡靜靜的排列在燭台底下，美麗安詳。

遙想兩千年前，耶穌被釘上十字架，悲傷欲絕的母親瑪利亞被使徒們遠送土耳其……那是一次革命，統治者與被壓迫者的殘酷抗爭，一方是刀劍，一方是愛與相信。那個黑暗與光明的年代，那本血淚交織的《聖經》，我常思索久久，關於宗教形成的過程以及人類文明的歷史，無不眼熱心痛。

兩千年後，來自東方的旅人，靜靜的坐在這裡。

又是一個美德被質疑的亂世，背叛與出賣，名位奪取、利欲爭逐的人心，耶穌被釘在十字架上事實一直不曾下來，額間的荊刺冠冕依然刺痛，肋骨的傷痕，血仍舊汩汩的淌流下來。

是否，塵埃滿身的我，早已失去了愛與相信的能力？

是否，年少的青春、純淨亦如教堂牆間的濕壁畫般的灰暗、朽霉？曾經的堅執動搖、傾圮？一如在米蘭見到米開蘭基羅老去之前的最後一件雕刻，不同於梵諦岡的《聖母抱聖子哀泣》的圖像那般的精緻擬眞，竟然是斧痕粗礪的拙樸形體，好像一塊天然的大理石，聖母、聖子顏容不明……這一代大師到了臨終之前，懷疑的是生命？還是再也不信所謂的愛與相信？只見那最後的作品，呑吐著沉重的嘆息。

我坐在山城中心的貝殼廣場，輕啜著咖啡。

午間的溫度幾近於零，西耶那卻沒有下雪。

鴿群依然在廣場上跳躍、疾走，冬陽很好。

我寧願依偎在山城古老的牆垣，遙看綿延平蕪的托斯卡尼大地；寧願用心品嚐一盃溫熱、香甜的濃郁咖啡，或者向晚去酒莊買一瓶芳醇的紅酒，以一種沉靜、美好的旅人心情去感受這山城的冬季之美，而不要再去苦思關於宗教或米開蘭基羅。買了一支繪著花鳥、草葉圖案的三角形瓷瓶。店家說可以裝酒或橄欖油，或者就空著當藝術品玩賞。至少，讓旅人回家以後，記得：西耶那。

旅人回家？回到那東方如一尾魚形狀的島國，而後將行囊歸定位，把帶回來的Chianti紅酒用螺旋起子拉開軟木塞，波——波——波。爲自己斟上一盃，在夜色深濃的窗前，點上一根白燭，暈黃昏暗的燭光裡，與自己的影子共飲，寂寞反而顯得快樂。

冬冷無雪。我遍走山城曲折的巷弄，偶一美麗的褐髮女子迎面走來，深藍之眸宛如海的顏色。如果此時有人在窗後撫弄提琴，這山城就更有詩人的放縱與深情，異鄉之夜，旅人之夢會格外迷人。

怎麼已近零度，西耶那依然沒有下雪？

——原載二〇〇二年三月十六日聯合副刊

冷杉林

如同我相仿年歲的冷杉林，在晨間白濛的山霧之間，隱約著靜謐、清瘦，若有似無的乍近還遠；幾乎難以定焦，視覺錯亂，哪怕試圖揣測它所占領的幅員都顯得無從著力，只存沒有任何重量的晨霧，恣意的、無聲無息的予以侵奪、漫著煙嵐、長驅直入。

長驅直入的，不只是濛白的山霧，據說，遠方有戰事；冬末春冷的海灣，靜謐如死的綿延大漠，與沙丘、石礫同樣顏色的駱駝，眨著長如羽毛的扇睫，嬰兒般黑亮的眸無辜的睨著海無盡的遠方，陌生的軍隊逐漸挪近。駱駝們開始竊竊私語，低臥著的沙漠底層隱約迴繞著百年來，駱駝們所熟稔的呼喊：新帝國來了，他們要原油！駱駝以及它們祖先的幽魂從不理會土地的哀號警示，依然悠閒的存活。

悠閒存活？人之所以爲人的最大不同就是奮力存活，卻缺乏眞正的悠閒。世俗而言，所謂：好死不如賴活。繁複萬端的人類慣於作繭自縛，永遠沒有其他物種所屬單純思想的幸福。

我置身在兩千公尺高處的冷杉林，靜謐之心來自於冷慄、清爽微帶濕潤的大氣裡，深鬱綠意的針葉植被所引申的直覺感受。深知只要離開這廣袤的高山地帶，低海拔接近聚落小鎭，世俗塵埃立刻覆蓋而至，難以閃躲。

難以閃躲亦是好死不如賴活的消極態度下自然而然的反射動作了。一如積非成是無可奈何，那麼來到這美麗出塵的寒帶林行走，所試圖獲取的身心體驗又是什麼？事實上沒有。我將一無所獲的回到上山之前，沉鬱、窒悶的自己。

只是在筆與紙之間的書寫，才眞正回到自我確認的存在。好像盡責的農夫在春分耘土、播種，勤於巡看、給水且在秋時收割，而少問實質盈虧如何。

美其言爲半遁世主義，卻必得勇於自承是在現實世俗之間行走，拙於應對與爭逐；究竟是好是壞？如何以一個普世價值予以準確評估？走過一大叢密布的羽狀蕨葉，它們活得那般燦綠、肥厚，雖說是謙遜的低垂葉脈，卻呈露著不屈且迎戰的蓬勃姿態。默然的，寧願生長在巨大的冷杉林壯碩、粗礪的軀幹之下，晨時飲啜著冷杉針葉滴落的晶瑩露水，夜來收攏羽狀的瓣葉，靜謐沉眠。

我則時常在沉眠深處，艱難的，無以控制的翻騰、進出白天仍未收息的思索、情緒，恍忽且不寧。

原來是島國的三大林場之一。

古老、雄渾的運材蒸汽火車頭，如今有的送進鐵路博物館，有的被遊樂區買去妝點懷舊的氛圍，更多的被棄置，風吹雨淋，腐朽鏽蝕。

昔日的燦爛，今日偶而記載的歷史；曾經被形之無所不可，無所不能的偉大英雄，其實說來又和這些老火車頭有什麼兩樣？銅像、肖照皆成爲後人漸去漸遠、如風吹過的笑謔，是非混淆，眞實早已宣告解體，讀史的後人，信疑自便，這是悲傷。

僅剩下一條狹長的昔日鐵道，匡啷匡啷的黃顏色旅遊車廂，情人雅座般的沿著山壁，蜿蜒、曲折的奔向煙雲深處，左邊是紅檜，右方是冷杉，車中靜坐的是茫然的自己。

自己是不該茫然的，茫然應該回歸給冷杉林間那久久不散的嵐霧。這正是春冷時節，他們說如果仲夏前來，飛舞的是無以數計的蝴蝶，翩翩如粉色落櫻……我想問：春冷的旅人，在山霧中因絕美而迷路，那麼夏日飛舞的蝴蝶呢？那人竟極有深意的答說：蝴蝶不會迷路，只有人。這樣一問一答，噤聲的是我自己。

與我同行的青春歌手，一身螢光粉紅色外套，獨自離我二十米之遙，以單腳、跳芭蕾舞似的旋轉身姿，像停駐葉脈上的彩蝶，直呼這片冷杉林眞美。青春就是這般的簡單明白。我則沿著鐵路散步，辨識著單一的鳥啼，崖壁磊磊之間，濕潤著一朵朵雪白如觸鬚的花，像昨夜未融的早霜，還是不諳學名，就當路過。

青春歌手忽而提及所住的港都家居旁的丘陵有猴群聚集，慣於向遊人索討食物，不給則鼓紅腮頰，明顯表明慍意。純眞的臉顏問說：這麼高海拔的森林地帶可有台灣獼猴？我笑答說：如有猴群，一定比妳家後山的要來得自由自在。

哦——青春歌手睜大眼眸，若有所悟。隨即被啼叫的鳥聲轉換思緒。

下一班的小火車還要二十分鐘才來，冷杉林依然靜謐不語，相信所有的草葉都不會期待。

山霧又無聲的攏聚過來，視野前方的鐵路在蓊鬱的冷杉林間，時而銀亮，時而黯然，再往遠看，就隱沒在濛濛的霧氣裡，看久了，竟而會有些心悸，突兀的錯覺到，歷史裡，運送砍下的紅檜、冷杉的小火車，仿如幽魂般的挪近……

湖，鏡面般的躺臥，霧漸散去。

冷慄的枯水期，潮線與岸邊植被地帶明顯的拉開一大段間距。抵達時，渾重的雲煙緊覆著湖左方的鞍部，猙獰、詭譎的延伸染指於半個湖面，遙看，彷彿深沉的水底，隱藏著某種遠古世代的水生物種，即將現形。

木質棧道旁面湖的導覽版上印著野生水鹿及長鬃山羊……卻只見水面拉過細長泛銀的水痕，不知是魚是鳥？還是冷！起先感覺四圍的大氣愈加濕潤，片刻之後，雨斜落繼而變得急驟，這種旅行的感覺多少就折損了美好的情緒。昨夜微雨一直不曾停過，耳畔盡是淅瀝的簷滴，時睡時醒，起身佇立窗前，掀帘一望，山莊前能見度幾乎是零。彷彿被夜霧包裹得層疊不透，橙色霧燈未熄，光被霧折射，竟彷彿是置身在電燈泡裡的蒼茫，一種無路可出的生命無奈。

推開木格子窗，點菸獨對窗外迷濛夜色，雨絲飄了進來，鼻息間花粉熱般的連打幾個噴嚏，夜霧大到連燈火裡自己的影子都難以尋覓，這種徒然的虛耗，幾乎會令人悶得發慌；就讓吞吐的煙氣，頹然乏力的對抗窗外那魔幻般的封鎖。

睡意很深，卻又異常清醒，這才是最折騰的焦慮、懲罰……多麼期盼，湖岸未見的巨大水鹿、長鬃山羊，悄然的來到敞開的窗前，就算是未眠的黑熊都好，夜，太寂寥了。

不禁由衷的深切敬佩起梭羅。可以獨居華爾騰湖畔，勇敢的爲了抗爭不平的嚴苛體制而坐牢，不改其堅執的原則，一連多年，不與人近的湖邊獨住，卻也憔悴而蒼涼，《華爾騰湖》終究只是烏托邦。

只好打開電視，藉著影音作伴。深夜新聞：英美聯軍與伊拉克在巴斯拉海港對抗，兩千磅重的炸彈凌虐首都巴格達，領導人海珊似傷未亡，反而被炸死的大多是婦女與小孩……

子夜二時，夜霧仿如英美聯軍圍困一如伊拉克人的我，而電視螢幕裡，穿著迷彩軍服，眼露興奮異彩的新聞主播，引用大量西方觀點的一一數說，新帝國主義的強權武力，彷彿海珊象徵所有的伊拉克人，邪惡軸心死不足惜。

子夜二時，荒謬的鸚鵡學人話。我再次點起菸來，霧背後山風吹拂的冷杉林似乎譁然的爭辯了起來，我用力切掉電視，卻切不去心中無以冷漠的遠方戰事……婦女的哭喊，浸泡在鮮血裡的小孩，這錯亂、蠻橫的世界，假正義眞入侵的霸權。

終於宣告這夜，徹底失眠。

冷杉林，沒被子夜的戰爭新聞擊倒，晨霧從兩邊逐漸掀開，彷彿舞台之幕啓。

山莊的主事者開始滔滔不絕的訴說這林場的開發與沒落，大約環繞在日本領台半世紀，大量砍伐珍貴的紅檜送回本土興築神社、皇居等等……這些引言、過程、結論想見可以倒背如流，我用心傾聽。突然中斷了歷史陳述，精亮的眼神犀利如刀的掃過我顯然疲乏的倦意：昨晚沒睡好吧？

一夜失眠。我誠實以告。

一定是山中景致太美，不忍入睡，啊？

霧好濃，整夜雨不歇。我打個哈欠。

四月中旬再來，滿山櫻花開了。

他在善盡主人的職責，我則側首遠山，些微陽光，連綿的山脊層層疊翠，竟有一隻鷹，孤兀的翱翔。

問起有名的溫泉。他們說九二一大地震損壞源頭，仍在無限期關閉中。前一次來此，是在廿年前？或更早的歲月吧？奮力回溯仍不可得……只印象依稀，岩石巧思砌成的大型澡堂，碳酸質白礦溫泉，濛著熱氣，鬆弛的泡浸，汗水沿額間淌落，同行作家朋友皆讚賞水質溫潤，有人備了瓶日本清酒，相與共浴，酒暖熱，人舒坦，如今憶及，卻無以清楚的記得誰是誰了，那時多麼年輕，如今連要尋得昔日溫泉，都已舊景全非。

濛白的溫泉霧氣，在記憶中飄出，思緒裡與廿年後的此時此地的山間煙雲如此相仿，歲月果真不饒人。

所以，我不渝堅持的書寫，不就是爲了留存記憶？人在歷史記載中時有爭論乃是形之於外的定位，文學書寫則重眞實；侈言大我太假，我寧願在小我的私己，但求無愧於天地，無傷於他者，卻也在無意之間違逆這俗世的既有價值及人性判斷，卻又不能像百年之前的梭羅半隱於世，必得在這只問立場不問是非的島國，無可逃遁的被求選擇，在不見提昇反而沉淪的亂世中自我長期的流亡。

看這高山的雲，那般遼闊壯美，看那千百年的紅檜與冷杉組合的雄麗山脈，這狹長的島嶼是無邪的，有罪的是血脈相通的人竟日相互揣測、彼此折損，才是最愚昧的悲劇。你見過紅繪與冷杉以枝椏格鬥？見過永遠的山脈拒絕雲霧的包容？峽谷阻止溪河的暢意流洄？

如霧起時，我走入冷杉林……。

——原載二〇〇三年七月十一日中央副刊

水說

百年之前，這千頃潭水是何樣貌？

箭矢及獵刀的武裝，鷹羽和獸皮之綴飾，外來的漢族墾拓者依然稀微，而後日本統治當局突兀介入，這寧謐如世外淨土的潭水起了波濤，日與月相推，雲和風爭逐。

若問起潭水的身世，只怕是眾說紛云，莫衷一是，最稀少的原住民族群，猶如潭底即將滅種的野生魚類，或與日人、漢族通婚，稀釋原本純淨的血統，或自願、非自願的寧被同化，改姓易名，這是弱勢的原住民族生命裡，最深沉的悲哀。

潭水無怨，日月無言。只有自詡最有智慧的人類，以蠻橫的武力、建構的制度相互掠奪、制約；歷史永遠是權力人物粉飾的工具，各朝的統治者各揚功業，視最弱勢的被征服者成爲歲月之河中偶而激盪，卻終於歸於沉埋、破滅的泡沫。

日本人的理蕃政策，國民政府之山地法則，百年不得有自主意見的台灣原住民族，仍在觀望、期盼統治者某種示惠及恩寵，有聲音者仍然氣息微弱，在山之偏隅，在海之遠方抑鬱哀傾，未來比大海還要遙遠，希望不可預料。

雲豹據說早已絕滅，香魚則是從北國借苗繁殖，似乎這也不關這片幽幽潭水的心事。

●

我又來到這幽靜壯闊的日月潭畔。

高溫炙熱的北島盆地暫且脫困，微涼的潭面輕風拂面爽然，銀色閃眨的遊船緩緩前航。

書寫《風中緋櫻——霧社事件》的文史作家熱切的引介景點，山巒最高處的慈恩塔，蔣介石紀念母親而必得向臣民宣誓孝思的標記，對我毫無意義；九二一大地震傾圮的光華島只餘蒼松茂綠，土石寂然，登岸遍地野薑花，卻才明白是水上浮島，彷如置身在草月流插花的盆景間。

看啊，那是涵碧樓。隨聲人們擠向右舷望之，船長低啞的嗓門帶些氣音：這是日月潭最昂貴的富豪旅館，住一晚最低價是一萬兩千元起……。哦——人們欣羨的圓嘴狀好像金魚。

我尋索岸邊，二十多年前曾經住過一夜的半圓形弧狀旅店，問及導覽人說早已停業拆除，如今是被草木遮掩去廢墟或早就改建爲別的建築聚落，沒有人知悉，我有隱約的失落。

二十多年前，更幽靜的日月潭，走入與此同名的旅店，尋得可眺潭景的依窗咖啡座，香醇的曼特寧，向晚濛霧清冷的粼粼水面，看久了竟多少失神，那深邃的水呀究竟有多深？水底的魚呀，是孤獨來去或是群聚泅泳？也許千百歲月之前，潭未形成就是人的部落，而今沉埋著今人無以知悉的傳說……。

咖啡座僅我依窗獨坐，暮色漸攏，室中點燈，巨大的玻璃窗映照我靜默的側影，未飲盡的咖啡已冷。偶回頭，臨座什麼時候多了一位溫文老先生，翻閱著《朝日新聞》，銀髮梳理一絲不苟，普魯斯藍西裝，紅領帶，在我凝視他時，老先生亦執禮頷首：

「先生是住店的客人？」他挺認眞的問。

我點頭稱是。老先生起身挪近，遞來名片：日月潭大飯店總經理張文環。

張文環？接下名片，我微顫，彷如夢幻。

「您可不就是日據時代的老前輩作家：張文環先生？寫〈滾地郎〉的……」話尾竟變得結巴失措，好像從遙遠歷史中走來的虛影，卻如此眞實的站在我的眼前。

「我，正是張文環本人。」老先生溫暖的一臉燦爛，純淨的眼神那般之明澈：「不是假日，來日月潭的人少，歡迎你來。我叫櫃檯，再招待你一杯燒咖啡。」

而今，我一再追尋著昔日旅店的遺址，文環老先生早已告別這令他愛與幻滅的土地，小說卻默默的留予島鄉，留予百年不變的潭畔。

●

依然是向晚湖畔的咖啡座，窗外有一個浮動的人工小碼頭，如同二十多年來不變，嗜飲的曼特寧咖啡以及暮色晚霞般心境的半百年華，逐漸老去的是我，不是日月潭。

這片水岸著名是「德化社」，童年時耳熟能詳的「毛王爺」居所。德化社？統治者的恩德或漢人自以爲是的道德？一隻彩麗、黑底橘紅的鳳蝶飛過炙熱的玻璃窗外，他們說日月潭特產的「總統魚」好吃，什麼是「總統魚」？猶如原住民頭目被強迫改姓爲「毛」般的悲涼、可笑。就讓魚單純是魚，原住民回歸自己。

美麗、幽靜的日月潭，自自然然的存在，歷史的朝代更替，人的生命如此卑微，只有對大自然抱持敬畏之心，何需強加詮釋、註解？回神過來，潭水漸深蒼藍，夜色接手白晝。

文字到此，已是無言再續。就讓日月潭成爲旅人手記裡的記憶，輕風明月，留影心底；當我悄然離去，潭水依舊拂岸，魚群之眸不曾映照旅人走過的痕跡，從遙遠至今的原住民早已全然漢化，怕連祖靈的語言都已陌生。

潭水說著你我自始不諳的語言，那千頃綠波瀲灎，日光映照，冷月無聲。

——原載二〇〇三年十月十六日台灣副刊

澳門重遊

向晚的路環口岸，隔著狹窄的河道就是中國的珠海特別行政區。

詩人美食家興致勃勃地和店家討價還價，挑了兩尾鰊魚，誓言在首創的「壯陽食譜」之後，要以「鰊魚炒飯」再造高峰。

綠蓮花特區旗幟與紅五星國旗並列，飄揚在南中國海九月的暖風裡；殘破剝蝕的機帆船在對岸，漁民一家住在船上，此時只見婦人在尾舷張羅晚餐，孩子哭號聲清晰可聞。

我佇立在澳門這頭，一衣帶水對岸的珠海，十多年前初渡斯土，匆促的午餐，匆促的翠亨村孫逸仙故居參訪，聽了民國之父帶著濃烈的廣東腔音，透過古老的石墨唱盤，沙沙地流迴出難以辨識的遺音；然後是「台胞接待所」販賣部那群板著臉孔的婦人，尖聲叫賣「聰明茶」，我不相信那種茶喝了會比較「聰明」，因爲孫逸仙在中國的革命，自始不曾成功過。

那年不能免俗的，去了葡京娛樂城，輸了兩百塊港幣，訕訕然走出，已是滿天星光；現在新開幕的金莎娛樂城後來居上，金碧輝煌，極盡奢華之能事。金莎的業主來自美國威尼斯人集團，三年前原著力於台灣澎湖離島，遊說從上到下，鎩羽而返後轉向回歸中國的澳門。

原本就不是賭徒，青春迷人的導覽小姐帶著我們繞了一圈，知道這群人無意消費，訕訕然微笑送客，回首場內，由中國內陸前來的財主、冒險家擁擠若進香團，百家樂，一百個賭客裡，有幾人眞正快樂？

我仰望著岸邊那尊巨大的金身觀音，夕陽餘暉映照得古銅泛金般地慈眉善目，垂俯腳下眾生悠悠無語；相異於傳統佛相，原來形塑者是前殖民地的葡萄牙藝術家。昔時軍營所改造的博物館二樓，詩人美食家則肅穆的盤腿而坐與心儀的葡國詩人賈梅士神交；低首用心抄錄其四百年前在此地的行誼，其中提到遭受船難。

詩人迷戀詩人的情境的確迷人。明明大家吵著要從「大三巴」牌坊走下壯麗的青石台階，通往廣場那端的古董街，尋找盼望久矣的漆器，詩人卻堅持說一定要先去立著賈梅士銅像的公園瞻仰一番，看來，詩的魅力還是勝過他所拿手的「鹼魚炒飯」。

溽暑如盛夏，我在古董街尋得「大聲公涼茶」，一杯七元港幣。說是「涼」茶，卻是溫熱，退火散熱，入口膽汁般苦澀，下喉回甘這就值得。他們熱切地選漆器，我則無意間尋得模型店，一眼就看見在台灣久覓不得的古董模型飛機，縮小四百分之一的華航卡拉維爾噴射客機。價值不菲，老闆卻自信的說，有些台灣、香港、新加坡的航迷不遠千里找到此店：怎麼樣，僅此一架，稍縱即逝。老闆特別強調。信用卡一掏，老闆娘彎身找包裝盒，滿身是汗的尋了近十五分鐘，果眞得來不易。

不是賭徒，就要大啖澳門美食。可不是？夜涼風輕，那家以老闆之名爲店招的「阿諾曼」葡國餐館，茄汁燒明蝦、鹽烤豬肋、洋蔥煨紅蟳……道地的葡萄牙紅酒，加上俊挺酷似李察．吉爾的帥哥老闆阿諾曼，酒色食兼俱，難怪必得前三天預約。我們一行十人抵達，晚間七點整，餐館裡已滿座，只好在店門前廊下長桌用餐，半小時後第一道掠拌沙拉才端上來。

阿諾曼先生是葡萄牙人，一九九九年澳門還給中國，他不回里斯本，因爲娶了廣東太太。只見餐館內外，中國人、日本人、台灣人、葡萄牙人、美國人等等等……把酒言歡，猶如聯合國大會，這該是留在澳門的葡萄牙之華麗和鄉愁，阿諾曼先生堅持他的驕傲。

剛從三百米高的地標澳門旅遊塔下來。詩人美食家帶著五歲女兒和旅遊美食版主編、女攝影家，奮勇、決絕的在六十一樓觀景台的外緣行走一圈，還坐在那飛碟般的邊緣留影爲念，雖說身繫安全帶，換穿橙色如飛行服般的連身衣褲，依然讓有懼高症的我和其他六人驚嚇出冷汗，就問回台後，詩人如何記載這一段？他可能不會以詩自譽高空散步之壯舉，旅遊塔下那家江浙菜雜夾湖南口味，尤其是花椒，應該讓他驚爲天人，可捨詩人頭銜，拚死也要擔負美食家之名，否則「壯陽食譜」續集何在？

澳門，什麼都小小的，只有廟最多。跨海大橋琴弦般地橫過海灣，新大樓逐一高聳於地狹人稠的方圓二十多平方公里之行政特區，燈火燦爛，彷如香港之翻版，只有在島的邊岸路環黑沙的威斯汀酒店，才能眞正尋得人間閒靜。

十多年前初抵澳門，寂靜在葡萄牙式的摩爾南歐建築的古意裡，喧譁的只有賭場及年度賽車；十多年後重遊，就怕百年前的小漁村全然複製紅塵十丈、紙醉金迷的香港；同樣是珠江口的兩顆明珠，愈來愈像一對孿生兄弟。

最後的回眸是在最高處的東望洋燈塔。東方望向大海洋？這百年古蹟的葡式燈塔依然維持著瑪格烈蛋塔的原味，夜來燈亮，遠海的航行船舶從三十浬外皆可見著，那是澳門。

也許連深海中沉船的葡萄牙鬼魂都會幽幽惦記，四百年之前從里斯本出航的三桅船，帶著聖母像、金幣、火礮及軍隊，要前往接觸一個名叫「媽閣」的小島，雖說後來列強割據租借九十九年，怕連詩人賈梅士，都如此難以忘情。

——原載二〇〇五年四月《皇冠》

那年在馬爾地夫

寒流南下的節慶，我在最北方的列島。這岩石之島布滿了戰備坑道、迷彩裝的年輕軍人在冷慄的大氣裡默然地行走在龍舌蘭與碉堡所形塑的稜線上，戰爭已是三十年前的舊憶，老邁的戰士告別，年少的軍人抵達。

泛著水晶光澤的陳年高粱，輕含於唇，舌腔迴盪，而後呑嚥如暖火溫腸入腹……遙想曾經的軍旅歲月，異地的青春與孤獨，爲自己未告之他者的生日而獨酌；怎已瞬間泅泳過半生的顚躓及放任？朋伴歡飲，又盡了一盃。

如今歲月若潮浪千古浸蝕的海岸礁岩，斑剝處處卻雄渾堅壯，心情無歡亦無悲，僅盼求得身心安頓，清澈純淨，如這水晶般的醇酒。

忽地驚呼，鄰桌的離島國中教師們指著懸在餐廳牆間的電視晚間新聞——

二〇〇四年耶誕節，九級大地震在印度洋海床底層五十公里深處，引發強烈海嘯，襲捲南亞海岸線，初估死亡達十萬人……

微醺的淡然之間帶來歡聚中異常的噤聲與錯愕，相隔了幾千里的茫茫海洋，彷如遠方有戰爭，卻不干我們島國的疏冷人心，大海嘯在幾分鐘迅雷不及掩耳地以時速千里的狂烈，看不見的上帝之手一下子收回那麼多的生命……擱下酒杯，不由然緊盯著持續未歇的畫面——

分明是晴美藍麗的島與島之間，無聲的浪潮猛漲如高牆，沖灌入原是椰影飄曳、白沙輕偎海色的度假區，有人蜜月裡的許諾一生未竟，有人銀髮正美，更多失去雙親的少小孩子。

細數著生命猝死的地方：蘇門答臘、泰國南方、印度及斯里蘭卡、馬爾地夫……馬爾地夫？那環礁從北到南，珍珠項鍊般星羅棋布延綿數百里的美麗島群，幾乎被海嘯吞噬盡淨。被湮遠的朦朧記憶霎時清晰回返。

海色藍透如切割之鑽，晚霞若紅寶之華。

十二年前我幾乎失蹤在那美麗的海域……。

●

什麼時候事情之逆轉？小汽艇拖曳著很長很長的繩索，十個遊客身著救生浮筒背心，緊抓著這充氣的香蕉船溯著輕浪出海，同行的兩個報社同事，一男一女置身我前後，隨著逐漸急馳的速度，驚喜呼叫著跳躍地濺起水花。清淺的潮線之間，魚群散開，珊瑚多色燦放，雲彩絲帛般流麗若這島國女子魅惑的眼神，遠方有隱約的白帆像濕壁畫裡天使羽翼……。

怎麼船速慢了下來，小汽艇靜止，香蕉船漂浮？眾人面面相覷，略感迷惑的各自私語。

小汽艇駕駛回過頭來。矮小精壯、黑髮鬈曲、膚色深褐的南亞男人露齒而笑，端詳片刻般地睨瞅著距他約二十公尺不安的十個台灣人……他要做什麼？浮潛嗎？沒帶鞋鏡、氧氣筒、蛙鞋，僅有緊縛的救生背心，又非在淺灘處，看那笑容善良間隱約有一抹促狹的詭譎。

他用力伸出了大姆指，宣布了要命的動機。十個台灣人個個臉色泛青，驚惶地以英語死命的大叫：No！No！No！這不諳台灣人對海洋自始畏懼的南亞人大姆指朝下，No！No！之聲更是此起彼落地紛亂，十足地恐懼之組合。這渾球的傢伙頭也不回地踩足小汽艇油門，斜衝逆向呈三角形，堅硬的繩索海蛇般拋擲、緊扯，香蕉船急促翻覆，刻不容緩間，人身溺海。

我緊閉呼息，潮線像柔軟的果凍「啵」地戳破，如玻璃切割面的蘋果綠色澤般，魚群以及珊瑚夢幻般迷幻光影……救生衣有了作用，巨大的浮力自然托我濕濡的頭顱冒出水面；怎知未待我換過氣來的當下，一雙因極度驚悸而呈鋼鐵般堅硬的手臂，死命地緊抓住我的上半身，那般緊密地、透不過氣來地、又沉溺入深海……她那般拚命地抓扯、撕扭地掙扎，我的報社同事，漂亮、豐腴的肉身繃硬如石。

別怕別怕……第三句「別怕」剛要叫出口，已緊抱的兩人再次溺水，鼻唇間一片腥鹼。

啊——我沉住氣，用力推她冒出潮線，只見她兩眼血絲，原本就白皙若雪的膚色變得更慘白。什麼時候，一雙堅定有力的臂膀拉住我們，那般沉著穩定地勸慰她——沒事，沒事。

馬爾地夫的海，如此美麗，如此獰惡。

●

終於，十個台灣人安然地坐回香蕉船的原位，訕訕然不發一語；許是發現事情的嚴重性，那小汽艇駕駛縮著頭，慢慢開船回岸。我的女同事被那雙救命的有力臂膀緊緊保護著，那陽光般穩定的年輕男子逐漸撫平她受驚的情緒，我坐在香蕉船的最後位子，靜心賞海。

向晚時分，漲潮，風浪忽然大了，原是平蕪的溫柔近海，一朵朵鯊鰭狀的浪頭譁然互撞，浮具明顯的顛簸、震盪……別慌哦，穩住。大家相互的叮囑，快接近岸邊了，海嘯般地浪頭一下子異常般猙獰起來，船被拉往遠海……

浪濤洶湧，難以泊岸，推向一處似乎是漩渦的位置，香蕉船突然九十度的騰升、傾斜，此次內心早做準備，只覺雙手一鬆，放任地讓潮水予以接納；聽得耳邊人聲喧譁，浮出水面時，潮高如石牆，一堵一堵遮蔽去所能目測的同船伙伴，我大聲呼喚了幾聲，沒人回應，只聽得人聲漸去漸遠，終至靜寂。好吧，我必得耐心等待，索性放鬆身骨，任潮浪漂流，很特異的體驗，溫暖的潮浪宛如一隻無以窺知的手掌將我忽而托高至數尺之頂，隨之又滑落低陷……溫柔且狂烈的擺動，大自然蘊藏的生命力讓我一時之間，彷彿忠誠相信的懺教徒，潔淨的平安卻又激昂的躁動，幾次瞥見岸邊晚照下呈金黃色的沙岸，漸漸地，只見四方僅存海平線，沙岸不再，環礁未見，深感不祥，意識告訴自己——老天！浪濤將我帶往更遠的印度洋深海，懼怕萌起，海水開始冷冽，舉目望天，最後的一抹殘霞轉紫，我開始呼吸急促了。

潛水表在二次落水之前我仔細記取時間，現在我已在離岸漸去漸遠的海流中孤獨漂盪了半個小時，他們一定急著尋我，我宣告失蹤了……熱淚盈眶，心頭窒悶，或許此生就此別過，前塵往事竟清晰如許地重映在我逐漸昏迷、放棄求救勇氣的腦間，漂吧，就慢慢死滅。

半昏迷狀態，若隱似無的船外機引擎聲噗噗入耳，由遠而近……眠夢中的幻覺嗎？有人跳下水中，熟悉的那雙堅定有力的臂膀沉穩的托住我，溫暖的聲音鼓舞著我已然虛脫的神志——林大哥，放心，我來接你上岸，你放心。

他是葛傳宇，時任台視新聞記者。十二年後，我仍滿心感念，葛傳宇，謝謝你。如今你人在何處？那年的馬爾地夫因你而呈現意義。

●

十二年後，印度洋海底高達九級的強震裂痕，冷冽的潮流猛接觸急欲噴迸的熾熱岩漿，猶如倒水入沸騰的油鍋……想見正徜徉於島岸絕美海色的旅人們乍見原是接壤的海水何以退後數里，引爲奇觀，沒想到幾秒鐘後高若巨牆的大海嘯迎面襲奪而至，那麼多貧苦的孩子原以爲上帝所賜，歡快地奔向灘前耶誕禮物般，無以數計涸岸的魚類，不及逃命，全數死滅。

回程午後的長榮航空七六七班機，帶著四十個台灣人返鄉，海從狹窄的環礁如珍珠項鍊，絲線斷了，閃亮散了一地，算算回到七小時航程的台灣，已是子夜。

十二年後的馬爾地夫卻回我以深痛惡耗。

——原載二〇〇五年三月十二日自由副刊

海之邊陲

飛魚群愈來愈少，鬼頭刀就更形飢餓；達悟人耆老晨昏眺看壯闊的太平洋，不解地思索，莫非祖靈動了氣？不讓飛魚群抵達蘭嶼？

從蛇頭山密林裡，砍木造舟，是達悟人成年禮，昂首翹尾的拼板舟，因為抓不到飛魚就尋著鬼頭刀出氣。否則追隨著影歌星出身的原住民立委包圍核廢料儲存廠去，吶喊！抗議！政府說：要遷，一定遷！幾年過去，一筒一筒黃底紅花記號，標明「放射物質」的毒物，依然涎臉伴隨蘭嶼，明明說好要送中國去。

老阿嬤依然向觀光客索菸，年輕人遏止，這樣會丟了達悟人的臉。總算教育了台灣人，不要惡形惡狀地穿門踏戶，以相機擅拍島民的丁字褲，付錢的話，可以請婦女們跳頭髮舞。

兀岩上強韌的蝴蝶蘭而今安在？迷你豬與羊群沐著暖風，蘭嶼沒有紅綠燈，環島者記得隨時踩煞車。達悟人喊著——成立自治區！政府卻成立國家公園。那般蔚藍之海，邊陲離島彷彿異國情調，達悟人也是台灣同胞。

如果是同胞，台灣人要學會謙遜，向達悟人敬謹學習，如海之壯闊，如飛魚之自由。

●

翻開近代史，百年前法國海軍統帥孤拔從澎湖侵向北台灣淡水河口，在關渡陷入劉銘傳的口袋包圍，慘敗逃回澎湖，咯血身亡。於是西嶼古炮台永遠呈現一種藍調般浪漫。

古名「方壺」的澎湖群島六十多座，據說有荷蘭沉城，先民渡海齊唱悲歌的黑水溝。四百年歲，馬公港旁中央街盡頭的媽祖宮，御賜牌匾說她是開台第一尊海神。

四眼井在中央街，旁邊賣中藥茶葉蛋，擺著泛黃剪報，宣稱好幾家電視台採訪。社區總體營造，清代古厝錯覺是走在日本京都巷弄？

澎湖只有夏季營生，春秋冬遊客蕭索。有人呼喊——讓跨國財團開賭場！三分之二的澎湖人反對！尊嚴何在？於是威尼斯人集團轉到澳門，秋後海霧漸起，依然是孤獨美麗的島群死靜，只有四支巨型風車，滿地燦爛天人菊。

吉貝舌狀的貝殼沙灘，夜來應和仰首滿天星光，不語的澎湖人，早睡，夢裡島的未來？那麼航行去望安，船長們而今散布四海七洋。

年輕戀人們就到最南的七美鄉，對殉節的七美人塚沒有興趣，只求在雙心石滬相攜祈願，許一個如同偶像劇虛幻的未來。

●

颱風過境，土石流掩埋新建的人權紀念碑；所有唱過小夜曲的民主鬥士，鐫刻岩壁的名字再次被羞辱。唉，綠島，溫泉與羊肉爐依然淡不去哀愁的往昔形影嗎？百合春來遍開海岸。

新世紀後的綠島，還背負政治犯的符咒嗎？楊逵、柏楊、陳映真、施明德……關這群鬥士的綠洲山莊如今成了紀念館。年輕的台灣孩子啊，不諳柏楊哀痛的字句，血淚斑斑——

多少母親爲被禁錮的孩子，長夜哭泣？

政治犯離去多年，綠島監獄關著黑社會；掃黑拚治安，直升機載著膽戰心驚的老大們，小夜曲換一批人輪唱，江湖夜雨十年燈。

島在大海懷抱，猶如永不分離之戀人，台灣號稱「海洋國家」，人們卻畏懼浪濤潮汐，往昔苦難記憶，只有老者會唱綠島小夜曲KTV。

●

若從高屏交壤的林園往海看去，狹長之島就是小琉球；或者你亦可從東港搭渡輪前往。

小琉球彷彿是被遺忘。雖與台灣本島距離很近，卻又咫尺天涯。如果你抵達此地，登岸時可別忘了回望來處，只見林園石化工業區那片猙獰、冷硬的金屬廠區，無以數計的煙囪冒著濃煙，氤氳了南台灣原是藍麗的天空。

島很小，廟很多。討海人面對出航後的季候詭譎，參拜媽祖第一要務，祈求個香火袋安個心，堅信風平浪靜，黑鮪魚成群來。

男人打魚去，女人在廟口擺燒烤攤子，花枝、四破魚、天婦羅……人客啊，這魚鮮燥熱，你就順便帶罐啤酒走。不然，在碼頭租輛雙人協力車，戀人環島一周，保證感情如六月火燒埔。不然現撈的海產，沙西米蘸哇沙米，包你呷得笑咪咪。想要都會風情也有咖啡KTV。

請問烏鬼洞在哪裡？怎麼狹隘擠不進去？傳說古時住著矮黑人，呂副總統說得有道理。

什麼？你們少年仔說，小琉球荒涼太無趣？就是繞島看海，否則你們到高雄愛河邊去！

●

作家李潼告別後，龜山島還在那裡。黃春明說，北迴鐵路出了福隆到北關，宜蘭人就開始紅起眼眶，靜默千年的島就是鄉愁之印記。

吳沙當年帶領漢人墾荒隊，走淡蘭古道來到礁溪，面對八浬外的島祈願，誓將荒原變良田，子孫代代落腳噶瑪蘭，香火勇敢傳下來。

蘭陽雨水足，三星蔥和礁溪溫泉空心菜，出了郭雨新、林義雄，別忘了更早行醫抗日的蔣渭水，這豐美之土塑造出墾拓者後代的堅實不屈，所以陳定南以冬山河創了宜蘭奇蹟。

春時，應該去太平山看燦美之櫻，夏天可以在大城、五結眺看龜山島，秋日金面山的荻花茫白，冬季自然去礁溪、仁澤泡溫泉。

頭城人有鄉愁，有些人原鄉就在那島上，憑窗遙看，那年被逼遷過海，何時可以回家？

——原載二〇〇五年七月二十一日《TAIWAN NEWS周刊》

掌中翅膀

想像鯨豚，無聲地漂行天空，那種異質的壯麗魅惑；海拔直上三萬呎，一切不覺意外。

所以百年歲月對最初的萊特兄弟而言，腳踏車輪架以木質結構，伸延如鳥之雙翼，裹著亞麻仁布，再加上個裝著螺旋槳的小發動機，從草原斜坡自歷史原點騰空而起，飛行的時間哪怕僅不到半分鐘，人類飛行之夢由幻成眞。

萊特兄弟見不到百年之後，地球大氣層下來回數千架次的航空器，密如蚊蚋。巨大推力的勞斯萊斯、奇異、普惠的發動機，燃燒牽引渦輪葉片，雄渾如鯨豚的流線形飛機，在航程萬哩間，可以不著陸地跨洲越洋……。

一九六九年二月九日，美國波音公司的七四七巨無霸客機在西雅圖首次試飛成功。

二〇〇五年四月二十七日，由法、英、德等歐洲國家組成的空中巴士公司試飛比七四七更巨大、載客量更多的雙層客機A三八〇，在法國土魯斯上午十時的微風裡昂然展翅。

人類因夢想而偉大，因飛行而毫無阻隔。

航空器帶你暫離紅塵裡的恩怨情仇，悲歡愛恨；飛行的旅人，在與上帝最接近的雲上三萬呎高空，往上探看，就是浩瀚無涯的宇宙。

你或許靜賞座前的小液晶螢幕播放影片，耳機裡是劇中的樂音飄揚，窗外一片深沈無盡的墨藍，更遠處，略呈弧狀的地表也許泛著一線橙紅光影，你暗自輕呼——那是海角天涯。

機艙裡，幽暗著大多數沈睡之人，你打開頂上的看書燈，百般無聊地翻閱航空雜誌，衛星地圖，旅遊景點，到最後的免稅商品——不外乎是菸酒、化妝品、人造珠寶及領帶、絲巾、皮夾……很少人會注意到自己此時所搭乘的航機是何種型式？波音七四七？麥道十一？空中巴士三三四〇？洛克希德三星？抵達就好。

若你願意如我，在每次旅行航程中，買一架你正搭乘的航機模型，縮小版四百分之一或五百分之一；返家之後，它會留存旅人飛行的記憶，無論彼時此刻，你歡愉或哀愁……。

現在，我的掌心靜靜泊著一架七三七模型。精緻的烤漆，這逐漸老花的眼睛，必得依靠放大鏡才得清晰見及微若毫毛的古歐洲文字。譬如：這是希臘奧林匹克航空公司的五百分之一模型，尾舵五個彩色圈，明白顯示奧運由雅典開創；古老的一行希臘文命名這架七三七的名字就叫：「馬其頓」。揣測，也許另一架A三二〇，希臘人就叫它作：「阿基米德」吧？

夜暗寂靜，孤燈下書寫暫歇時，隨手抓來幾架模型，列於案前，攤展的綠格稿紙遂成停機坪，鯨豚般的各式航機整齊靜泊自成風景。

不知是誰有此巧思？將昔時一尺長的樹脂模型，以金屬縮成更精緻的五百分之一或四百分之一？回想高中時代，誰不傾往飛機模型？行過航空公司氣派寬闊的落地窗前，就一架燦亮閃熠的模型，作翺翔狀——帶你去旅行。

模型店尋搜，那時多的是二戰後到越戰時期的戰鬥機，英國逆火式，美國野馬，蘇聯米格，日本零式……必須要小心翼翼的剪下塑膠表盤連接的機身、起落架、螺旋槳、副油箱、載彈匣……仔細地以強力膠組合，黏貼紙國徽，像野馬式戰鬥機P五一，韓戰時前方的引擎蓋還要貼上鯊魚尖牙以示威武雄壯。

蘇俄米格機那時不易尋得，模型店老闆會悄聲告之，貼紙是血般紅星標幟，請別炫耀，以免有「通敵」之嫌。但那時多迷米格機，那如鐮刀般的翅膀，冷而堅定如傾往北方之雪。

二戰德國沙漠之虎隆美爾將軍的戰鬥機仍是模型同好的熱火之愛，黃土地般沙漠僞裝迷彩，有人還買了噴槍，以顏彩做成滄桑、斑剝之擬眞，令眾者驚嘆……三十年後，我輕易的在某家飛機模型店買到，比三十年前土法煉鋼更精緻更完美，卻再也無少年時之烈愛了。

幾年前，有名的萬國表IWC公司，租用一架容克斯五二古董飛機，從瑞士啓程，環球之旅。那是二戰時德軍傘兵運輸機，BMW三引擎不知換裝過幾次了？堅固的機身依然是六十年前虎虎生風的模樣，雖然裝上衛星導航系統，兩個六十歲的飛行員加上一個六十歲的阿嬷空服員，就從香港赤臘角機場踩足油門，花了四個半小時，在淒風苦雨中搖搖晃晃地降落在台北松山機場。航迷們興奮迎接卻未開放參觀，只讓媒體採訪，可惜至極。

這架名爲「鐵安妮」的古董飛機模型，早在多年前，就進入我的收藏之列，那是在高雄市新堀江商場發現的。曾經以此寫了篇小說：〈暴雨飛行〉發表在二〇〇一年春節期間的「人間副刊」，主題是「西安事變」；很少人知悉，蔣介石的座機就是容克斯五十二，送他飛機示好的正是德國狂人阿道夫．希特勒。

文學摯友冬日去捷克、奧地利旅行，問我帶何物相送？回以帶架所搭之航機模型吧。結果竟攜回已停飛的超音速協和號（Concorde），原來摯友搭乘法國航空七四七班機，始能購得此一難得之紀念物，知惜之情，幸福滿心。

協和機採三角翼，狀若鷹隼，可以二點五馬赫高飛於七萬呎高空，從歐洲到北美東岸，越大西洋只要兩個半小時；可惜噪音太大，很多機場拒它降落，票價更多倍於一般航機，幾乎是巨賈明星才能一親芳澤。

我亦苦尋蘇聯時期的飛機模型。如舉世排名第一的安托諾夫AN二二五運輸機。卻不見任何模型展示，倒是驚喜的在航空刊物上與之相見。二〇〇四年八月一日晚間七時二十分，這巨大的鐵鳥載運某電子公司的機具降落在桃園中正機場。媒體只愛八卦，似乎大多漏了此一新聞。只好退而求其次，收藏排名第二，同樣是安托諾夫AN一二四運輸機、依留申七六、TU一五四等等……模型領域，尋之不盡。

有人問及擁有繁多飛機模型的我，私心最偏愛爲何？答以美國二戰時最盛名之DC三。那曾經在諾曼地登陸、在中國抗戰時冒死從印度、緬甸飛越喜馬拉雅群峰抵達重慶的運輸機，至今仍在第三世界國家穿山越海，皆已是遲暮之年，依然運轉嚨嚨的雙螺旋槳，認命地勞役，在偏遠地區運送食糧給嗷嗷待哺的難民，有的是藏著古柯鹼、海洛英做犯罪工具。

我最愛古老的DC三，一如不再的舊日美好時光，許是已然初老，聽得六〇年代的西洋老歌：〈Good oldtime〉，手持這架與我同老的DC三模型，竟然有時亦會悲涼的滄然淚下。

常會想起宮崎駿的一部卡通電影：《紅豬》。據說，其實是宮崎駿自己的告白，何嘗不是我多年以來收藏模型飛機的心情？

沉靜的「紅豬」，頸間領巾飛揚在一種隱約的寂寥之間，他最好的伴侶，那架紅色的雙翼飛機，他要的是什麼？心靈眞正的自由！

心靈眞正的自由。這不就是我三十多年來所堅執文學書寫的信念嗎？我們這不見提昇，只見逐日沈淪的島國，人與人之間的體恤、尊重猶如風中燭火，溫暖與包容漸行漸遠，粗暴和巧取豪奪遂成主流，寬厚的善意避於荒原，僞善、逢迎謂爲時尚，文學與眞話如此邊緣。

紅豬從座艙探首仰看。雲上萬呎之蒼穹，各式戰鬥機的殘骸，靜謐排列如一道不朽的彩虹；識與不識的往生者，年少與古老的靈魂都還眷念不去嗎？往昔燦如麗日、潔若月明、純淨似星的理想和許諾呢？人生拚搏，終是慘烈狂愛之後的一無所有，煙消雲散嗎？

宮崎駿畫筆下的紅豬笑了，那般輕微而淒然的笑意，防風鏡深藏的溫柔雙眸是否落淚了？只見那架紅色雙翼飛機往更高的雲天翔去，是遠離？還是回歸？只有宮崎駿自己明白。

子夜靜止，所有白天的塵世喧譁皆已噤聲。我挪近所有的飛機模型，猶如面對我摯愛的永生戀人，溫柔的眸色深情款款。各式機種悄靜無語，我卻可以知悉，此時此刻，在大氣塵下的世界每一片遼闊的空域，數千架引擎在夜空中閃著紅色火焰的航機，正帶著旅行的人，遠離或回歸，歡愉或悲愁；人啊，你快樂嗎？

拿起小毛刷，乾布沾著去漬油，細心、審愼地爲模型們除塵去污，彷如面對永生的戀人，將自我的心勤加拂拭，一方明鏡，靈犀映照，相信眞愛之幸福，是心

燈火暈黃

藥局生從那半圓形的毛玻璃洞口推出厚厚的白紙袋，一小瓶深褐色止咳糖漿，並以著緩慢、平板的叮嚀，向憂心如焚的阿嬤交待藥物服用時序的同時，我已推開診所那扇沉重的白色大門，喧譁的人聲剎那襲至。

感冒的小孩，還跑得這麼快？給我進來！阿嬤肥胖的左手揪住我搖晃的衣領，另外的右手仍搭在藥局洞口的板子上；我用力掙扎不依，死命緊抓著門上那被人撫挲得金光閃熠的圓形門把；哪有小孩這般調皮？阿嬤近聲。

我要吃魷魚羹——知道阿嬤疼，我任性的呼嚷，一面側首察言觀色。阿嬤緊抿著厚唇，瞇著呈一直線的雙眼睨視著我，某種警告意味；吃——魷魚羹。我的聲音逐漸低微下來。她將肥厚的手掌心輕覆在我的額頭，心疼的嘖嘖有聲：還燒的呢，先去喝地骨露，退火。

靈眞正的自由所在。

而我是否禁錮了模型們的自由？如果一夜之間，全數振翅高飛，就勇敢地航向星空吧。

掌中翅膀，我凝視，感謝帶我去天涯海角。

——原載二〇〇六年二月一日中時人間副刊

墨綠的骨灰罈中央，阿嬤瘦弱的黑白半身遺照，怯生生的眼神呈露著某種蒼茫，好像在風中飄晃，不知前行的路程如何？每年春分，帶著三瓶罐裝台灣啤酒，放在她的靈前；古寺的靈骨塔內不許燃香支，我試著以菸替代，自己點燃後慣性的深吸了兩口，倒放在啤酒前端，灼紅的菸頭幽幽的亮著，漫聲說：阿嬤，我來看您啦。眼鼻之間就不由然的酸楚了。

她，還是睜著怯生生的蒼茫之眸與我對望，都離別二十年了，阿嬤，您依然欲言又止，永遠停格在遺照裡的八十三歲。側首是寺外成片綠鬱的相思樹林，午前的風微寒，阿嬤，您會冷嗎？每年春分，帶三瓶啤酒奉祀，生前喜愛與我對飲，死後您靜靜喝，我在一旁陪您。

一直在內心裡流亡的我，知悉春分微寒的風夜來冷慄，如果向您訴說活著的我，體驗這詭譎多端的人世也許比起您死滅後的幽冥更冷澈、絕望，阿嬤您可能還是無以聽懂。懂不懂都已是陰陽兩隔，至少可以和自己影子對話。

魷魚羹配炒米粉。拗著還是要去吃民生西路的八寶冰……憨孫，呷燒呷冷，會肚腹痛。阿嬤，咱來去看刣蛇。說著向前直奔，賣七彩氣球的攤子旁有人熟練的以菅芒草編織蚱蜢，從後山來的獵人則在一大塊鹿皮上排列著齜牙裂嘴的獼猴頭顱，眼神還炫亮的看人；白鼻心則在狹窄的鐵籠裡不安的來回穿梭，像貓般的雲豹，堅持著在森林裡的尊貴姿態背對著人的指指點點。有人愛熊膽莫？顧眼睛。虎骨、鹿鞭補陽氣，有人要莫？要就喊聲！阿嬤雙手緊護著我小小的身軀，三尺之外暈黃燈影中，壯碩的中年男人正用力剝下臭青母斑爛的蛇皮，留下一截因爲痛楚而扭曲如腸子的蛇體。阿嬤微顫的低語：囝仔郎莫看，晚上眠夢會遺尿。說著，拉起我的手向前疾行，在一九六〇年，夜市的暈黃燈火之間穿越壅塞的人群，並且逐漸累積爲不滅的記憶。

那時我所仰看四十五度角的阿嬤，在晚間燈影璀璨迴照裡，竟是無比巨大，是童話故事裡的魔幻吹笛人，我所追隨，我所相信及倚靠；母親冷淡，父親遙不可及。

若回來尋找童年舊地，只存陌路蒼茫。

盆地的城市如精神裡的戰後廢墟，再遠的自我意志放逐，還是逃離不出這城詛咒般的魔幻迷境，好像一生都難以割得盡淨，由於記憶。記憶是無形的枷鎖，然後放著蠱毒，讓人又愛又恨，令我傷心又深切迷戀，是誕生之地卻又彷彿是失鄉的流亡。

夜市，記憶裡那迷離般的燈火暈黃，再遙長的歲月，仍舊忽隱忽現的明晰於記憶深處，當所有行過的生命片段零碎不全之時，和四十多年前的阿嬤在夜市裡穿梭，竟彷如熟睡中靈魂離體而出，如幽冷的霧氣逐漸飄向已然變易的從前街巷，在一個早不存在的廣場，突兀的發現，死去百年的家族先祖，無聲無息的從四面八方聚集過來，透明如霜冷的玻璃薄片，泛著慘綠的閃眨光暈，無歡無悲，沒有任何重量、溫度、磁場……時間歸零。

我還是最初的夜行動物，入晚之後的夢遊者，僅能奮力的試圖遺忘卻又不時找尋記憶；這盆地之城多少物轉境移，緣起緣滅，若與我在最深的夜暗擦身而過，請爲我喚起我早已忘卻的初始，阿嬤牽著我手，鬼魅般飄浮。

●

老頭的單人樂隊，兀自在夜市人群最繁盛的街角演出，背部的大鼓以細繩繫之於雙腳的挪動而牽引鼓錘，瘦削的雙肩排列著橫在唇前的鋁架，可以左右吹奏著小號及口琴。老頭忙碌極了，要演奏亦要賣斜掛於腰間竹盒裡的殺頭虱藥、梅子餅、萬金油等等，我看呆了。

彷彿一個袖珍單人馬戲團，只有一群沒有購買能力，如我般的小孩會圍繞著他；似乎演奏了幾分鐘，汗水從老頭黝黑的額頭淋漓淌下，停頓下來，有些無奈且不耐的喘著疲倦的呼息對我們這群小孩說：不要只是看，叫你們家大人來買啊，阿伯的藥俗又有效。

這麼一說，小孩們一哄而散，老頭輕嘆口氣，繼續挪動雙腳，叮叮咚咚的向前走去。我拿了一支糖李子，靠在楊桃湯的攤位旁，目不轉睛的看那單人樂隊漸去漸遠，有些索然；阿嬤的手又握過來，聽見她彷彿自語的說：生活啊，大家都要討吃……所有壅塞在這夜市的大人行過的身影，一如高大無涯的崖壁，襯之童稚的我如此之緲微，未來？想都不曾想過，只冷清、寂寥時而閃入情緒，舉目，夜市燈火如此燦亮得如眞似幻，暈暈黃黃的跟著阿嬤走。

●

親愛的阿嬤，偶爾會帶著您的記憶，穿越我內裡湧漫的魂魄去尋找不再的夜市遺址，好像古代巴比倫城湮滅在大漠深處；曾是仰望的巨大身影如今是錯覺的由我牽引您衰微、滿是皺紋的老朽之手，盈滿情意的踽踽獨行。

夜深人靜，昔地新景，只有我們走過的足跡依然留存。

暈黃的街燈，三、五追逐的流浪貓狗，三溫暖護膚店前候客的黃色計程車以及打哈欠等待最末一班公車的晚歸之人。

我的童年，我的夜市，我的青春，所有所有的美麗與哀愁，都如同電腦關機，予以歸零。

——原載二〇〇三年五月七日自由副刊

不老的獅子

一說就是三十年前。

如以文學地圖追索：從我居住的中山北路三段，寫著「晴光市場」字樣的公車站牌登上往台北車站方向的班次下車之地總是書店林立的重慶南路；一路緩緩前行，到了武昌街口，少年青春的心逐漸怦然心動，因爲知悉下一分鐘，在麵包與蛋糕香味的明星糕餅店門口的廊柱下，周夢蝶先生的詩集攤子就在那裡。

禪坐般的詩人，或是閉目冥想，或是揮毫書寫，皆是一幕景致。若詩人暫時不在，他會留下一張墨跡猶濕的告示，瀟灑的說：等下就返。印象中似乎是永遠一身深色的袍子，如詩集《孤獨國》般的周夢蝶。

武昌街直走下去，穿過博愛路、中華路左轉漢中街；古老的萬國戲院對街幼獅文化門市部赫然在望，驀然想起學校影劇系的老師，詩人瘂弦，不就是在這門市部三樓主編膾炙人口的《幼獅文藝》嗎?一顆心不由然爲之猛跳。

書包裡，剛從周夢蝶先生處買到，晨鐘版的詩集《深淵》仍未翻閱，夾在《廣播電視概論》、《談美》及沈臨彬的《泰瑪手記》之間，詩人老師此刻是否就在樓上?那種又是傾慕又是敬畏的感覺。走入門市部，翻看當期的《幼獅文藝》，喜歡看筆名QQ的插畫，有陳庭詩版畫的質感，綣繾曲折，彷如難解之情愛糾葛;及後才識QQ竟是後來的攝影大家阮義忠。

首次拜讀吳晟之詩〈吾鄉印象〉亦在此刊連作式壯闊而質樸的濁水溪北岸的田園文學，來自溪州國中的生物教員吳勝雄。後來興奮的購得吳晟在「楓城」版的完整詩集，那種心靈的文學撫慰，至今憶及仍是喜樂難平。

終於有幸登臨三樓編輯部。那是在服完義務兵役後，「幼獅文化」要籌辦一本少年雜誌，評論家周浩正(周寧)先生及詹宏志先生力邀，爲他們繪製漫畫;想彼時，帶著一疊畫稿，忐忑不安的上樓，方從政大中文研究所畢業的執行編輯孫小英溫柔的微笑招呼，以及認識了編輯《幼獅月刊》的沈謙及黃武忠。

文學初旅的我，彼時仰望《幼獅文藝》，彷彿面臨一座巨大之聖殿，雖名之「幼獅」卻如雄偉的獅子巨像;以著崇敬之心，投寄過一、二散文，是否刊登或退回，而今已難以記憶。

很多年以後，在美國東岸的雪夜，耶誕節恰巧是我的四十三歲生日，紐約唐人街與蘇活區接壤的黃志超畫室，小說家郭松棻、李渝伴我切蛋糕；志超兄慧黠的夫人淑娟故作神祕狀的宣告，有個意外的訪客，從法拉盛來看我。正待我百思不解之時，門鈴聲叮咚響起，門啓處，文學前輩王鼎鈞先生一身雪意微笑現身。

歲月前推，王鼎鈞先生不苟言笑的端坐在編輯桌前，在我請益文學如何精進的問題之後，他以手支頤，思忖片刻，凝肅語帶誠摰：

「能以十個字完成的用詞，就不必花二十個三十個累贅文字……」

這是我憑藉二十多年前的模糊印象所記得的，此後在文學的習作上，果眞獲益匪淺。一九九五年冰封雪凍的紐約聖誕夜，再次異鄉重逢，在遙遠的《幼獅文藝》編輯桌前，前輩的諄諄教誨，彷如昨日；鼎公老了，我亦不再年輕，窗外雪落，心仍是熾熱的文學少年。

瘂弦老師後來去了「聯合副刊」，我依然眷戀著他那動人的詩句；記得每月定期送畫稿去「幼獅」編輯部時，老師總一慣溫煦的笑意鼓舞說，別忘了給《幼獅文藝》寫散文。一旁的黃力智笑著，反問我：

「又是漫畫，又是散文，你選哪一樣？」

到後來，棄畫從文，瘂弦老師的一再鼓勵有著極大的影響；感覺上，編輯部猶如溫暖的大家庭，《文藝》、《月刊》、《少年》皆是美麗風景，花樹各美，灼爍其華，無以倫比。

及後的小說前輩段彩華先生，有著不怒而威的軍人本色，卻在交談時，妙語如珠，想見文學本質更勝於制式外在；陳祖彥則溫婉如春風拂過。這期間，是我較常見於《幼獅文藝》版面的作品發表，直到文學新銳，來自金門的吳鈞堯接手主舵，版面革新，這隻年近半世紀的文學獅子，不但不老，益見青春昂揚。

各種各的花樹，各唱各的曲調。

永不褪色的文學如夜夢美麗的無垠伸延，幼獅初誕，逐漸茁壯，像一株嫩葉經由風雨歲月，默然奮力，紮根入土，往上蔓生，半世紀蔚然成林，每株巨樹果實豐厚纍纍，每片葉脈則記載著文學字句，愛以及理想，美以及永恆。

不老的獅子，還要勇毅的奔向另一個五十年的新世代，只要獅子不老，文學就不死；我所傾愛的盧梭不朽名畫，沈睡於沙漠之夜的吉普賽歌者，獅子悄然挪近，也許是揣測，也許是撫慰：你睡了嗎？疲倦的流浪者，你手邊的琴弦仍有餘音未了，我是獅子，只爲了傾聽。

只爲了傾聽。一如文學傾聽了我們。

——原載二〇〇四年四月《幼獅文藝》

南北濁水溪

我們搖籃的美麗島，是母親溫暖的懷抱
驕傲的祖先們正視著，正視著我們的腳步
他們一再重複的叮嚀，不要忘記不要忘記
他們一再重複的叮嚀，篳路藍縷以啓山林

婆娑無邊的太平洋，懷抱著自由的土地
溫暖的陽光照耀著，照耀著高山和田園
我們這裡有勇敢的人民，
篳路藍縷，以啓山林
我們這裡有無窮的生命，

水牛、稻米、香蕉、玉蘭花。

這首二十多年前的民歌，歌名就叫〈美麗島〉。外省裔的僑生李雙澤作曲，歌詞取自本省籍陳秀喜的詩作；兩人皆已辭世多年，李雙澤在淡水興化店海岸為救溺水者不幸隕命。家住台南關子嶺，文學界稱之「姑媽」的詩人陳秀喜病故，時為一九九一年二月下旬。

陳姑媽過世十三年後的二〇〇四年三月二十日，台灣人民因為總統大選，似乎一分為二。這種突兀，不被預期的悲哀，猶如大河之水，冷冽地沖刷、撞擊在所有台灣人的內心深處；不知道還有多少人記得這首美麗之歌？我們的島嶼由於大選爭議，形同撕裂。

台灣第一大河濁水溪，切割台灣島嶼中心，卻也在南投、花蓮交界融入群山壯谷；我們呼喚：台灣是我們的母親，濁水溪則是母親之河。兩千三百萬人民，生死與之，榮辱、悲歡如同，何忍因為兩邊政客操弄民粹、爭逐權位，友朋反目，只有立場，不問是非？

遙想四百年前，台灣仍是文明未啓之島，草莽未開，原住民漁獵為生，雲豹、黑熊、麋鹿穿林越野，何等平和安詳之豐饒盛景。大航海時代來臨，荷蘭、西班牙的三桅船靠岸，南部台江內海建起熱蘭遮城，北方淡水河口是聖多明哥堡，漢人由明朝最後的將軍鄭成功率二萬五千殘部由中國金廈海岸退守台澎……。

六十年前，中國內戰，兩百萬追隨蔣介石政權避難這方由五十年日本殖民，破敗廢墟的台灣。一九四七年的二二八事變，沉重的首次撕裂先移民與後移民的相互信任，這是我們島國歷史最大的民族傷痕，難道又再一次？

我年輕的最初戀人，眷村海軍將領之女，那般純眞、美麗的到我這土生土長的台北大稻埕的家居，奮力地以結巴的閩南話，笑靨如花的，含羞帶怯的呼喚我的母親：「阿姨，您好莫？」我那經歷過戰後二二八的母親驚問：

「沒想這外省查某囡仔竟會講台灣話？」

我還是失去了娶這眷村女孩爲妻的幸運。

往後，在媒體工作，乃至於三十多年的文學旅程，我的好友，我的長官，本省外省融爲一爐，酒聚與月旦時政皆坦蕩眞情，哪怕意識形態相異，我台獨你統一，我台灣，你中國，友情永遠不變，剖心相知相惜，多麼的美好。

老話一句，法國的思想家伏爾泰是先知：

我不同意你的意見，但我誓死擁護你說話的權利。

哪怕幾年來，時而在電視時政評析節目，我皆以伏爾泰爲師，自期包容與互信。

老台北人時而南下，有人擅以「台北作家」稱我，笑答：「我們皆是台灣之子，何有南北之分？」分隔、撕裂，切割的是政客，他們才是台灣不可饒恕的亂源！一次原本歡喜收穫的總統大選，操弄與愚民，情何以堪！

濁水溪不該一分爲二，人與人之間的情誼更不該如此。南與北是土地的認定，而不是意識形態之決裂，先來後到，我們皆是移民後裔。

我親愛的朋友，沒有所謂外省、本省、客家、原住民的分野，我們都是最優質的新台灣人！相信台灣，更要相信自己，卻別相信政客。

台灣如此美麗，請讓包容、互愛、信任重回我們最初的允諾。

——原載二〇〇四年三月二十六日中時人間副刊

默言

相隔的座席，偶而眼神交會，竟如天涯海角之疏離；彷彿不識，那般陌生。

提示自我，應該微笑……至少輕輕頷首。笑意勉強浮起（臉部逐漸老去、鬆弛的肌肉卻僵硬著，咦？），那人竟已不在原座了。

就此沈默。石子般靜謐無聲地沈入湖底。

各安一方，猶若河分割爲峙立之兩岸。不需費神揣其心事，不必從昔日倔強的青春行囊裡去翻找急於詮釋、化解的理由或準備一張面具。

當每個人自許是唯一的眞理時，就必得認命地知悉選擇沈默、噤語是另一種不以爲然的態度；交心坦言只會招致彼方的心虛或因而激怒，似乎誰也不相信誰，自己河豚似之膨脹。

年歲漸長，是否意味沈潛、內歛？

在這彷彿被詛咒的島國，宿命眞的如此不堪？歷史盛載之悲情，攤展開四百年至今，縱有偶而地波濤洶湧，亦若這狹長如蕉葉的移民之土湍急短促的溪河，由數千呎崢嶸群峰直下滄滄出海口，沒有輕緩的停歇，暫且之喘息。

哭調唱不完？悲情、自憐形成民族性。

猶如出了家門，面對權勢之人卑躬屈膝，回得家門，責妻罵子般蠻橫、粗野；自我解嘲說——粗野是耿直，無知是素樸。

反對法西斯之人，打倒法西斯後，變成更法西斯；遇強則龜縮、自卑，遇弱則驕恣、自大。再也沒有比這種扭曲之心更讓我想要背叛。曾何幾時，口號成了符咒？猶如中古世紀的斑衣吹笛人，催眠、魅惑著缺乏自信的人民，亦步亦趨走向迷霧之途，終程是一無所獲。

沈默的土地，鬼魅般漂浮著空虛的靈魂。

沈默不語，是最大的不義。

詩人塞佛特如是莊嚴之諍言。

說出眞話，毋寧成爲眾人不喜的烏鴉。

冷靜地傾聽鄰座的滔滔雄辯，我所熟稔多年的詩人，既要故作客觀卻又心向權勢靠攏；我忽地感覺到生命某種異常孤獨之蒼涼。詩人啊，請問你究竟有幾張臉譜？那一張臉譜才是眞正的自己？寧願返回書房，抽出你的詩集翻看，也許只有詩，才是最眞心實意的本質。

凝視詩人因力辯而泛現血絲的眼眸，那是暴烈或是心虛？也許愈說愈多就岔了思路，亂了分寸，後語矛盾前言，自說自話般如同九官學語，詩人竟像一具電話答錄機。

那麼，你的看法呢？散文家……。

九官鳥詩人被座談的主持者切斷喋喋不休，轉而問及我，凌厲之眸明白顯示其方才傾聽詩人反覆之言的不耐——你不同意吧？嗯？

沈，默，無，言。我的心浮出以上四字。

一秒鐘，兩秒鐘，三秒鐘……沈默凝凍著時間，彷彿蓄意待發般的暴雨前夕般空無。

沈，默，無，言。我只想著那人的詩句。飛散著櫻紅、草綠的落葉無聲地飄落紛紛。好似他詩集裡的字句忽而斷裂，玻璃碎片般地灑了一地，不知如何拚湊回最初的美麗、完整？

除去詩之眞情，只怕僅存心虛的空皮囊。

面對權勢，詩原來如此之薄弱不堪。想到歌劇裡的弄臣，承歡君主，自揣菲薄；哪怕子夜夢迴，悔憾地淚依然懸掛在忘了卸妝、取下的鼻端裝飾的小紅球，起身臨照於鏡——這是誰？誰又是我？我究竟是誰？誰誰誰……？

歲月遞換容顏，換不了的是堅執本心。

反思凝看。或說環境變易，時空已非，往昔的青春不悔，潔淨純然不再，多少還是憂懷自譴——何時驚覺塵埃滿身，心已庸俗了？曾經烈愛，不懼風暴雨狂，自以爲是閃亮明確的遠景在前，到後來才識「理想」終將是遙遠的遠天之星。但它就是存在可仰望之遙，並非虛幻，因之末竟而傷楚，因之堅執而受苦。

沈默，逐年凝氣成形爲秤，無以閃躲。

秤之兩端，終有是非黑白，貪婪或純淨。

這人性之秤，只有文學無以衡度重量。

沈默，自然孤獨，卻點燃文學之燭焰。不讀文學的人民，盼心靈純淨自是緣木求魚。猶樂透彩多少希望在盼，瘋政治則是躁鬱症者的抒解，口號符咒的吹笛人得到預期的獎賞，追隨者眠夢清醒後，兩手空空，一無所獲。

請問，愛這塊島國嗎？

愛！眾口鑠金地斷喊，嘉年華會般火熱。

言愛之後，繼續傷害這塊祖先百年來篳路藍縷，辛苦墾拓的土地，河川污染，山林砍樹，土石流氾濫，貪污腐敗，權謀鬥狠，島國一分爲二，一半人民說是，另一半人民說非。顏色何辜？皆是血脈相通之兄弟姊妹，竟流著不一樣被意識形態加料的相異之血？一半是綠，一半是藍，非我即敵，躁動、粗暴、狂亂。

所以，寧可選擇，沈默。沈，默，無，言。

緩慢，再緩慢……請將本心找尋回來。

宗教經典不難詮釋，就是尋回本心。

登臨高山，俯看紅塵，識得生命之緲微，學習謙卑，默言以對人間諸相，何爭之有？

面對大海，如鏡映照，反思自省昔之貪欲逞強，學習寬容。包涵，壯闊、明亮之自在。

沈默無言。我仍以文學冷眼心熱探看。

——原載二〇〇五年十二月《鹽分地帶文學》

黑暗之心

黑暗之心，
裂解的是自我的靈魂

原本無意的話語，卻在某種蓄意表態或諂媚之考量下成爲惡言；在這陰謀化、無處不政治的島國劣質化的膚淺文明早已是尋常之事。

雖說事過境遷，那惡言卻如同利斧砍斷所有辛苦栽種百年的堅實巨樹，再也難以復原且形成長久之悲慟，操弄撕裂，惡言誣控者有若吹過的颶風，若無其事，且視之爲「欲達目的，必要之惡」來予以紓解自身的背德。

賈禍於他人，待眞相澄明，事實沉定之時，惡念之人則噤聲彷彿瘖啞，連句形式道歉的表露皆不曾，甚而以蠻橫的惱羞成怒反斥。

春冷露凍的拂曉前文學書寫已是慣性，抒情追憶之間，忽而思及所謂的「知識分子」之定位，頓感全身寒顫，內心冰冷。若說，文學書寫是維繫作家純淨的最終防線，在這公義不張、眞情傾圮的台灣，只怕作家亦難以脫離體制之恩威並濟，甘於奴性而逐漸失去自我的獨立與對抗、持疑的堅毅身影，連面目都模糊。

詩人苦苓二十年前，意氣錚然地說——

作家，是永遠的反對者。

這句鏗鏘有力的期許，二十年後依然在我心迴盪不忘。無論詩人師承聶魯達或塞佛特，相信如今隱避山間，重返文學的他仍然記取。

但反問其他的作家同儕，您是否心領神會？或者自貶爲，不做烏鴉，寧爲喜鵲？

●

幾年前，某以散文知名的作家摯友就曾氣急敗壞的約我午餐之聚，許久未見，因他遠從花蓮來，應邀作爲某國家級文學獎評審工作，最後決選只剩一位四十年來以小說引領多少吾輩的文學書寫者的卓越作家，及某詩社之前輩詩人。據說，評論過程激烈非常，最後是後者的前輩詩人獲得殊榮，小說家墜馬；理由並非文學成就高低論定質量評比，竟是「小說家心向中國」而獲獎者「心懷台灣」。令人深感荒謬不解，非以文學質素論之公平，而以意識形態凌駕其上，求其「政治正確」實在不堪。

午餐的美食，頓時在這擔任評審工作的散文作家略顯悲憤的陳述之間失去了味覺。

以我一向所秉持的「台灣主義」，我亦難以置信這種以「意識形態」決定一個國家級無比尊榮的文學獎之定奪；不但侮辱了落選人，更是對被強加以「政治正確」的得獎者不敬。

這就是屈從於體制，作家最大的不幸。

文學價値求其質感，或問立場？

作家趨向權力，遠離弱勢。二十年前詩人苦苓之壯語，而今倒成了風中之燭般微弱。原來，作家只是那般脆弱的易於收編、變節。

哪怕，我一向不全然同意落選的小說家傾向中國，但我予以尊重；但以文學成就論之，我對小說家的敬仰卻毫無縮減。無怪乎公家文學獎獲取不到作家應有的崇慕，流於自欺欺人之譏。

最純淨的文學，隱藏多少黑暗之私心。

●

多年以降，以文學作家身分餘緒兼任各電子媒體之時政評論員，乃是從長年的報紙編輯、記者工作退休後，以言論作爲社會參與。

事實上一直是以文學悲憫之心，力求中肯的尋其社會病灶，這包含無以逃遁的政治現象。如此之知識分子本質的良知秉持，竟在往後不免遭及諸多的刀光劍影、褒貶交錯。

有人明白要評論員交心表態。幾年連續的選戰野火燎原，惡質的人性、迷亂粗暴的你死我活形同內戰，你站在哪一邊？你是什麼顏色？何以面對曾經熱情、無私支持的政黨而今如此嚴厲的批判？變節了嗎？理想不再了？

我喜歡且激賞緬甸民主主義者，諾貝爾和平獎得主，翁山蘇姬的醒世諍言——

成熟國度的人民，要對執政者保持高度的懷疑及嚴厲的監督。

這是作爲文學者不渝的堅實信念，亦是我生命對人對事一向之處世原則。文學之定義在於人間眷愛，作家永遠不可能與執政者站在一起；永遠的反對者固然稍顯激越、固執。依附於權勢更令人深感不堪聞問。

作家以文學美質行世，以時政評論關懷，我手寫我心，我口說所思，這般地眞情實意，竟也被長年友伴予以嚴厲指摘甚而汙名。世俗化的選舉，詛咒的島國連可感相惜的情誼都那樣的薄弱易折，這才是我多年來沉鬱之主因。

因此悟澈，人心之黑暗，如此昭然若揭。我親愛的朋友，曾經長夜對酌，相互傾訴昔日的舊愛，文學的方式，理想的燃燒；多少次熱淚相對，多麼美麗的時光，而今僅存故夢。

記得年少時愛讀的康拉德小說：《黑暗之心》，溯河而上，不諳前方未知之旅，尋求的是人性裡明暗光影的終極答案，而我們是誰？

黑暗之心，裂解的是自我的靈魂。

——原載二〇〇五年三月二十三日中央副刊

互許溫暖包容的島國

久不文學的吳鳴兄：

子夜三時前，燭光恆常燃亮在依山的四樓書房外兩坪見方的陽台桌前，暈黃綽約。

遷居大直已是第七年，依然單身卻初老的我，子夜陽台燃燭已成慣性，或小酌或沉思，伴著年近八旬的老母親及一雙已成年的兒女；女兒在電台工作，小兒子則在台灣最北國境的東引島服役，留下的，只有幾年來不懈書寫。

你如何看待同樣屬於「四年級」文學同儕的我呢？在你寫給東年的信中，提及我幾年來在電視政治談話性節目裡評析時事，你以「在藍綠之間……」形之的「浪子」性格說我，的確有幾分理解與體恤，那不就是文學人的可貴嗎？浪子，可能如昔時文學同儕笑我的心性漂流不定，甚至認定我長久以來「婚姻破碎，愛情游移」，似乎我是個任性、遊戲人間之輩；我從不願辯駁，但少數知我者如你，多少可體會我內心沉積的隱痛。摯友王定國多年前就不忍的說「其實，你是個標準的居家男人。」但在婚姻、感情之間，我的「軟心」或者說四十歲前的任性深深地折損了我應有的擇善固執、清晰冷靜的生命抉擇，這是我的不足，我的不幸，老是自傷傷人，只有文學是僅存的純淨。

離開自立晚報副刊，告別我一向敬仰的施明德先生國會辦公室的職務，是十年來最大的哀傷……如果報社不被財團賤賣，也許多少我可以為台灣文學界再做些種植之事。如果不是太貼近施先生，深切明白「政治」的黑暗與不堪，文學給予我的某種道德潔癖，我也不會輕言暫別一個我所敬仰的革命家；不是施先生的錯，而是整個當年我所義無反顧投入、支持的台灣人反對黨逐漸變質了，所以回到文學。

昔時在反對運動攜手行走的夥伴，可以在兩次大選裡，只因為曾在新聞線上置身的我，秉持「對事不對人」，試圖以較公允、客觀的評析觀點，而給予我無盡污名，明槍暗箭，耳語謠傳，可以忘卻二十年溫暖、美好，相知相惜的友情，只因沒為執政者說話，就「非綠即藍」了？可笑的是就在十年前，某些國民黨時代的

「御用文人」，責我是「台獨」論者的學者們（和你一樣有博士學位），如今卻高呼：「愛台灣」，爭先緊抱新政府的大腿……。

「愛台灣」很正確，不愛台灣，難道去愛中國？本來台灣就是我們祖先應許之地，猶如母親，愛已是本能，卻忽然就有一大群人，昔日噤聲，而今符咒般地喊著：「愛台灣」。我只能苦笑以對，隱憂地是這「愛」卻挾帶著民粹式的「恨」，隨政客起舞，割裂族群，製造紛爭，藍、綠皆然，我寧選邊緣的位置！

相信，你的老朋友，文學人的我，自始不曾失去我一向的堅持。我多麼憂心如焚於台灣，我們美麗而願意生死以之的島國，獨立自主於蠻橫、強權的中國之外。我寧願聽取不同的聲音，包容相異的意見，如國家認同，卻難以忍受政客因大選操弄族群，非黑即白的一分為二，而今幾年來，我愈顯沉默，愈變孤獨，冷眼靜心，印證的隱憂如今不也一一呈現了？

文學人怎可能去依附執政者？執政者為台灣做好事，我們鼓勵，做錯事，我們批判。否則身為文學人或知識分子，眞正的風骨何在？

昔日友人稱我「人人好」，意味著我自始不責於人，事事樂觀其成，並時而稱美他人優點，包容其缺失，這亦是我一向「不與人爭」的「軟心」吧？而這幾年，我忽而變得「固執不馴」，其實是逐漸圓熟了。有人說我何以逆向思考？只是太清楚而受苦。我反而喜歡自己眞正「堅強」了，說該說之言，寫想寫之文，做該做之事，誰都不能左右我，我就是自己。

應該回來談談我們一生鍾愛的文學才是。

一九九九年起，我辭掉了固定工作，毫無退路。反思昔日自己的謬錯，性格上的種種缺憾，竟至憂鬱症深深，甚至有厭世之感。想到散文創作近三十年，也許文學正是此生命低陷時刻僅有的救贖，於是轉念開始小說書寫。

要深切感謝彼時「聯合文學」的及時鼓舞，在出版上給予我絕對地信任與自由。長、短各一的小說：《北風之南》、《革命家的夜間生活》，前者是斬斷童年時代之夢魘，後者則是向近身二十年的台灣民主運動告別。文學的溫暖果然將我救了回來，否則我什麼都不是。

你在寫給東年的信上，自言是「懦弱」的避在學院門牆裡，教書、論述而少文學；老朋友啊，昔日寫出清麗壯闊的《湖邊的沉思》的散文家吳鳴，浪漫之心相信仍未消遁，如今是撰寫《認識台灣》教科書的歷史學者彭明輝，並未失去作為一個台灣人美麗、溫厚的心靈，要說「懦弱」，我比你還懦弱閃躲。對婚姻，我承認無能的挫敗，對昔時情愛，竟因覺得無能而寧可遠離。相本裡依然留存著二十年前，你和夫人結婚時贈我的婚紗合影，苦苓的結婚照亦然。

我依然埋首書寫小說，散文偶及，近日忽嗜愛寫詩，明年就快五十五歲了，其實要心虛的向老朋友承認，我這幾年不懈的書寫，是怕有天會爲之「失憶」，也許那時就再也寫不出什麼來了，那麼，我會去旅行，天涯海角。

我心疼的是，我們惦念「三年級」後段班如敬仰的陳列、東年兩兄，「四年級」同儕的我們，幾乎文學少了，也許孩子逐漸長成，家庭長輩辭世，現實負擔重荷……（男人也有更年期），我只是「拋磚引玉」的盼望，「四年級」的文學老友要多寫啊，黃凡、王定國停筆十年不是漂亮的回來了嗎？文學，是我們一生的摯愛，所以吳鳴老兄弟，再來精采的散文吧！至於那些政治語言，意識形態都將之棄之如敝履。

祈願，互許一個溫暖、包容的島國。

愛台灣，就要不渝的創作，打起精神來！

——原載二〇〇五年十月《聯合文學》

動靜幽然

或者面臨眞正老去，才首次認識自己白髮如雪冷，皺紋若旱地；一切皆應卸下，譬如記憶不再的悲歡與幽寒。寧願認命的輕闔雙瞳，默念昔日曾經書寫的文字，只有她是永遠的戀人……

遙遠的七十年代，一知半解的大量閱讀，關於卡里．紀伯侖格言式的《先知》、安德列．紀德手記體的《地糧》、泰戈爾詩歌《漂鳥集》，乃至於卡夫卡小說《異鄉人》……我是個孤獨憂鬱的沉默少年，如何試著開始動筆書寫，反而是從王尙義蒼白悲觀的遺作《野鴿子的黃昏》所觸動，及後尋得普天版沈臨彬之《泰瑪手記》，驚豔於他文字的壯麗悲情，繼而昔之葉珊今之楊牧的散文初集，深刻迷戀其內涵之柔美婉約，從此陷於其中再也難以自拔。

此時是三十年後的公元二〇〇三年仲夏，回首望而憶之，猶如歲月留下的痕路。三十年三十本散文著作，早年的風花雪月，未力求思想內蘊之深沉精進，僅懷著如同向所閱讀的大師致敬的莽撞狂熱，竟也不懼涉險的奔入陌生且未知的文學初旅。我以年少生命的愚癡，試圖探測文學的冷暖，或確切的說，是在孤獨與不被了解的前提下以文學書寫塡充自我膚淺空洞之學識不足，小小的虛華與發表欲而已。

何以會執著於散文形式，行走半生？一是習慣於善用「我手寫我心」的表達方法，二是有意閃避詩、小說的體例混淆。其實捫心自問，是怕失去自信，若在詩、小說的領域中無法勝出散文，反會貽笑他人；多少呈露自我的不求變易以及畏懼新的創作形式的懦弱吧？譬如在一九九〇年出版的短篇小說初集《鮭魚的故鄉》（自立晚報），就流於過度的意識形態而多少失去文學美質。而在一九九七年由探索文化出版的詩集《玫瑰十四行》，反倒像是十四首流行歌詞，詩的意念薄弱，結構不穩，都是促使自我往後幾年不敢再輕試散文之外的文類主因。副刊、文學雜誌亦早已將我定型於「散文作家」之類，似乎已成爲文學烙印。

及至一九九九年初，忽而生命陷落無比低沉，年近半百又驚覺歲月已到世紀之末，竟然痛恨起自己浪跡塵世的現實無用；是什麼力量令我決絕的與自己的散文創作宣告暫別，而立願轉向我所陌生的小說，並且義無反顧的向前，如今想來是一種極其悲壯的自我割離。

這種自我割離、絕裂的生命作爲，也正是我對文學創作的態度；我生性極其厭惡事物的一成不變及其重複，哪怕在三十年的散文旅程之中，我猶如穿越黑暗無邊的茫然森林，試圖探測某些我所不知的祕境，運用多變幻化的美學思考的方式，呈現文學更大的可能。時而會憶及服役時，在冬寒暗夜的荒原演習短暫的歇息，偷偷的翻看康拉德小說《黑暗之心》的驚心狂喜，像小說主角上溯流向茫茫幽林中那條神祕、深邃的大河，要完成未可預告的結論。

世紀之末的一九九九年夏天，我開始撰寫在我心中纏繞了五年的長篇小說《北風之南》。

●

如果讓我選擇，依然會是文學作家之路。不知道有沒有人想過此一課題：宗教與文學是否意味著對抗？信仰和懷疑，群體或者單獨無關於提昇或沉淪；坦白的明說：宗教不會容許文學的自由意志，更不用說是政治了。那是謊言和眞實的絕對相異。我永遠不會相信文學要任由宗教或政治的擺弄操縱，良知是文學可貴亦可悲的本質，或有文學作家以文字歌詠宗教，也許是從其經典中獲取眞理、智慧，我不作評論；若文學用以讚頌政治，甚至藉以討好當權者，這是污蔑、侮辱了文學之名。

文學前輩葉石濤有句名言：

台灣作家，有若野草，自生自滅。

是這位橫跨日本與中國不同朝代，歷經二二八、白色恐怖時期被株連入獄，苟活下來已然失去生命最初預期的青春、理想，幾乎破滅所有存活信念的卓越作家一生的悲壯感嘆。如今的台灣作家，願意以嚴肅文學爲終生職志者，依然是野草般的自生自滅，除非寧爲報喜之鵲，不做良知的烏鴉；眞與美之秉持亦是文學遵循之人所能擁有的一絲尊貴與風骨。

我曾以「天譴的另類」形之於文學創作者。如是，自不必怨艾悔憾，相信冥冥之中有一份恩賜，否則文學不會降臨於吾輩，是我們選擇了文學，亦是文學寵幸了我們，在這愈加冷慄的世俗紅塵，人類相對地看不清楚自我眞正的本質，文學作家在自己的土地上流放。流放不意味就是消極，而毋寧是更冷眼心熱的自我純淨、救贖過程。

所有的宗教信條，所有的政治喧譁，終將成爲自我綑縛的符咒，文學之存在，在於所有的爭奪與盲從紛擾之間，猶如一株樹木的陰涼，荒原漫漠之中一叢幽靜的花朵，一片清藍的湖水或者是靜默飄過的雲影。壯闊與溫美皆俱，書寫者以眞情著墨，閱讀者用心體會，每字每句皆如此知己、貼心似無言卻萬千。

年少至今的生命信念，不變的是「自由主義」的堅持，放諸於文學創作乃至於昔日記者、編輯的職場經歷，到現在的媒體時政評論者角色，自由主義的理念於我一如文學的大植物園主義，我崇尚事物的看法保持某種必要的等距，尋求事物的本質與不確定性之來源，唯眞是美，所有矯飾、虛僞、攀附皆爲我所棄之。如此的個性，不免讓而今競相爭逐之人譏爲「不識時務」，在這意識形態凌駕一切，只注重當前表象，而從不思及後世永續的粗暴島國，早已知悉自己是那般的不合時宜。

因此，我驚覺自己無日不沉陷於一種深沉的悲哀，卻不時的提醒、呼喚切不可因此餒志、絕望。近年來以小說行世，無不顯示其自我拯救、淨化的艱辛過程；不致與這只問立場不問是非的貪婪之地共沉淪共墮落。

常如是臆想：將來史家如何記載新世紀十年的台灣？從二〇〇〇到二〇一〇，無恥失格的政客搭配蠶食鯨吞的財團巨賈，藉「台灣」之名行攫掠之實，未來的子子孫孫前景堪憂，而文學竟是這般凋萎，商品化、速食化的出版品暢銷不正意味著人心不求深邃只貪淺薄的沉溺？幽冷黑暗的迷霧裡，相信仍有一群以嚴肅文學作爲自我信仰的台灣作家，奮力以心血創作，猶如在夜暗之荒原點起一盞燈火。

●

散文三十年，剛好分割了三個階段。

小說家宋澤萊曾以「繼龍瑛宗之後又一哀美派自然主義的大匠」（一九九七年四月《台灣新文學》春季號）論我，這篇長達兩萬字的評論形容我的散文是「清明上河圖式的連作文學」，並將之分爲：浪漫遐思期（一九七二～一九七七）、靜觀自省期（一九八〇～一九八九）、傳記與報導期（一九九〇～一九九四）、略休息再起步期（一九九五～），並將我歸納為「第二波鄉土文學運動中，廣度最好的一位作家」。自是不忍苛求的文學同儕之疼惜過譽。

自己來區別創作的三個階段，剛好是十年一種風格。最初執筆是從一九七〇年起始，到一九七七年，時為求學、服役、求職階段，彼時未走入繁複多端的社會，加上那時的文學環境，散文大多是吟風弄月而少社會關懷，未能免俗的唯美浪漫，濫情纖柔，愛情侵奪於文字甚至陷溺迷障而不自知，雖亦有自然景物描寫，也流於過度渲染強化，也就是說，自我的文學風格仍未確定，因而導致停筆兩年，深切省思，而有宋文所稱「靜觀自省期」的降臨。

一九八〇年前夕，復筆的首篇散文〈千手觀音〉，藉以投石問路，其實是茫茫前路，有著無以預告的惶惑，是李瑞騰與陳信元初創蓬萊出版社予以慷慨之援手，讓我鼓起莫大勇氣向前邁進。繼之的旅行令我原是封閉的心靈打開，同時台灣社會的民主、抗爭的衝擊，美麗島事件如星火燎原，一向怯弱、噤聲的自己，竟也不顧一切在往後的十五年逐漸融入其中，是旅行與政治全然蛻變了我的文學取向，這正是我的第二個十年，生命既是華麗亦是蕭索。人民、土地遂成為此後的散文主題。

一九八八年到一九九四年，可能是一生自許爲最適意，抒放的歲月，那是我在《自立晚報》工作的七年，從政治經濟研究員、資深記者、副刊主編，自由主義、本土立場的報社容許我們發揮壯志，而少加干預，至今我仍心懷感激，可惜這個極有歷史美譽的媒體竟也逃不過資本家與政客的操弄，竟至壯懷未盡。

這期間由於副刊編務繁忙，散文規模逐漸回到婉約的懷人描景，未能像一九八〇年到一九九〇年期間的奮力書寫人民、土地之歷史宿命乃至人間萬象的悲歡呼喊；九歌出版社是那段風起雲湧的文學豐盈期最無私、無懼支持我的生命動力。一九九六年以後的「聯合文學」，詩人初安民以出版鼓舞我重新拾回昔時的熱情，逐漸回到內心的深邃挖掘，驚見又是自我的另一次散文的盛世，這是已近半百滄桑了。

《旅行的雲》（一九九六年十二月聯合文學版）、《手記描寫一種情色》（二〇〇〇年三月聯合文學版）加上《蕭索與華麗1980～1990》（二〇〇〇年七月九歌版）、《多雨的海岸1972～1977》（二〇〇二年九月華成版）四書，足可一覽我三十年散文之精粹；後兩書是爲斷代精選作品，去蕪存菁，毋寧是對文學的敬意亦是對自我生命的負責，必須鄭重告之。

或由於面臨新世紀，或因爲試圖尋得再次的文學新象，我投入了陌生如海的小說領域，彷彿浴火重生，有著新人的喜悅同時亦有老人之蒼茫。明白在現實紅塵裡無以獲得的幸福，難以爲繼的盼望，乃至於困阨支離，僅能從半生堅執的文學創作中求得溫美的慰藉；小說有若長河上溯，密林探尋，彷如留予一個空蕩的舞台，等候我賦以布景，角色扮演，燈光造成的迷離幻境，各式臉譜，多色一是，邪惡與純潔，背德或尊貴，誕生還有死滅……

賈西亞．馬奎斯之魔幻寫實少人能及，台灣並非中南美洲，一如華人相異於拉丁民族的保守與奔放，可以敬佩卻無必要摹臨；他卻多少爲我這小說的初習之人推開了一扇窗，引領我看見不同於熟稔的散文書寫的另一種風景。學習說故事，並且掀開僞善者花稍的假面，在這冷酷的首都，跨越河流，試著以小說去旅行。

●

以書信求教於文學，亦是三十年與作家相互取暖、切磋的方式；並非自謙，而是藉以獲得學習更多，七〇年代前期，前輩詩人胡品清似良師又似姨母，她自始青春如歌的心靈讓我知悉文學永不老去。後期則與同儕文友，年少就以小說、散文聞名的王定國論交，而以書信相互激勵文學的精進，至今依然。

陳芳明曾被故鄉阻隔了整整十五年，從優柔多彩的青年到激昂壯烈的中年，他在北美西岸，我在台北淡水河東岸，那時，「陳芳明」三字是個禁忌的名字，航郵信末秀緻的署名有時是「陳嘉農」，有時叫「宋冬陽」，眞摯敦厚如兄亦友，雖流亡於異國，卻比膚淺的我更瞭解台灣，書信中指點、辯明文學的眞情實義，是八〇年代我最可感的抒情革命伙伴。

一九九五年底，據說是北美東岸最暴虐的大風雪來襲，我抵達了冰封雪凍的紐約，畫家黃志超夫婦帶我登臨東河岸邊的聯合國大廈第二十三樓，終於與傳說中的小說家郭松棻握手相見，那是距離我首次讀到小說〈月印〉（一九八四年七月二十一至卅日《中國時報．人間副刊》）之後的第十一個年頭，才有幸親予拜訪。返台後時以航郵互寄，郭松棻不提他壯麗的保釣運動，少說他那秀異非凡的小說，信中問及的是他與我各自在童年誕生熟稔的大稻埕舊憶。除了八〇年代後期，回返了一次故土，再也不曾踏上台灣故鄉，中風之後，復健期間，仍以顫抖乏力的左手，勉強捎信予我，令我不忍於心，倒是近年在故鄉出版了《雙月記》（二〇〇一年草根版）及《奔跑的母親》（二〇〇二麥田版）兩本小說，印證他勇毅存活的堅韌。

是多麼令人眷念的文學情誼啊！書信聯繫著天涯海角，莫逆之心不就來自同樣是文學美神眷顧的子民，在我深陷生命低潮的灰黯時刻，接獲遠地來鴻，彷彿是荒原行路乍見的溫暖燈火，相互扶持，彼此激勵：要好好的活著，用心的創作，哪怕文學如此的孤寂……

晨光乍現，我仍在埋首殷殷書寫。多少年不曾去探望我最初唯美啓蒙的胡品清？是我蒙塵久矣的心不再純淨所致的心虛汗顏，不敢前去，僅是短短數里的陽明山華岡。王定國應還在睡夢中吧？白天是事業有成的企業總裁，卻仍憂心敗壞的台灣，自苦文學的毫無出路。陳芳明奮鬥的教學相長，巨大的文學工程《台灣新文學史》已逐頁書寫到八〇年代，而他如何描寫自己的流放歲月？至於最遙遠的郭松棻，身體的恢復是否日有進步？我應該給他寫信，問他，盛夏的紐約，心情是否還是冬寒？

●

座標不明，彷彿依稀的誕生緯度
初冬微霜的一九五二與一九五三交界；
你是戰後孤寂的嬰孩。

如何描繪，關於出生三日就被轉移
從一個母親到另一個母親？
裹著被剪掉臍帶未乾的絲微血痕不小心
依附的貧窮薄被，
嬰孩從出生就開始學習老去……

濛霧的童年之巷靜靜行走
沒有人告訴你，如何應對冷厲人世，
思考的導引，是窗外旅行的雲

蒼鬱的山與海；
心，總是搖曳一雙翅膀，向遠方

你是尋愛卻自始挫敗、被誤解之人
你是最遙遠光年，那顆最最孤寂的星球；
只有最深的暗夜，一盞燭爲你點亮
兀自唱歌，你是這古老之城的漂浮靈魂。

曾經天眞傾往
譬如一個完美、公義的國度
半生卻陷落在虛矯、欺瞞的野獸社會
誕生你的島嶼，竟如此蠻橫不堪
於是，你永遠在家鄉流亡
逐漸傾圮你原先堅信的城堡

決定把引爲經典的信念焚爲哀傷的灰燼
然後自我搗碎、重生，還原爲最初的嬰孩
五十年前，這嬰孩早已老去……

如果你還具備著相信的能力就該學習遺忘
彷佛三十年前，就等待著愛的破滅
美德的動搖以及準備好防衛姿勢
半生回首，僅存一片頹然之廢墟

——〈五十歲〉，二〇〇二年一月十六日聯合副刊

這是寫給自己的詩，紀念半百生命印記。其實是在小說的書寫遇到困阨之時的餘緒，更遙遠的自我剖析、省思乃至於回憶的書寫形式，毋寧是三十年前模仿沈臨彬《泰瑪手記》日記體（沈氏則自承是來自安德列·紀德之《地糧》的寫法）。手邊攜帶著筆記本，逐日寫下生命所感之人事物，不同於散文題裁的單一主體描述，手記體文字說來跳躍，如黑夜焰火，卻比純粹的散文更有深沉、眞實的力

量；在於剎那的心境顯影，焰火、星光般的閃眩，雖可能呈現片斷、即興，卻時而意想不到的異色之美感。一九九二年五月皇冠版的《漂鳥備忘錄》一書，正是我從高中三年級到服完兵役那年的手記（一九七一～一九七六），如今重讀年少時光對情愛的純淨、文學之初涉、生命一廂情願的自以為是，也許愚痴卻益顯其珍貴而心疼。此類手記體文學，或亦是散文的旁支另類，卻可一窺作家在彼時的心境映照，而少單純在散文創作時多少的隱藏或矯飾；雖說以短句立即果決的論斷對某種現象的直覺，文學的美感及文字應該具備的技巧，缺一不可。

二〇〇二年七月中旬，完成了第二部長篇小說《藍眼睛》（二〇〇三年二月印刻版）之後的半年期間，也許是爲了平撫下日以繼夜的小說接力後，從緊繃到鬆弛的狂亂心緒，我開始書寫手記《時間歸零》系列。相距近三十年，從嫩稚到圓熟，清純到滄桑，比起如一首青春之歌的《漂鳥備忘錄》而言，《時間歸零》毋寧是一本懺悔錄，歲月沉沙，身心蒙塵，卻也淬鍊出厚實而穩定的生命體驗，其中對於台灣社會也有許多意見，主要是以省思自我的光影明暗，毫不遮掩、矯飾的直剖內在；三十年來的散文歷程，我所不忘的眞情實意及堅持不渝的「自由主義」，永遠在野的反對者就是特質。

新世紀之初，許諾以小說作爲新出發點，竟在切割原有的散文創作慣性，同時怕因之年華漸老，安於現狀而停滯不前；毅然抉擇轉向小說是試圖考驗、挖掘內在潛藏的更大可能。

曾採訪過西班牙內戰，晚年嗜愛古巴風情的小說家海明威說過：作家之於書寫，某些在於有過一個孤寂、不愉快的童年。

誠如斯言。我的第一部長篇小說《北風之南》（二〇〇二年六月聯合文學版）正是試圖斬斷個人童年夢魘之作，遙想五〇年代末期，雙親他們的愛恨情仇、風塵女子被環境、現實所擺弄，背景是國民黨政府遷台的十五年後，面臨二次世界大戰後，幾爲美軍B二九轟炸機群所肆虐，經濟、民生凋疲的台灣。

我乃土生土長的老台北人。相同背景的前輩作家（延平北路大稻埕一帶）約略如：郭松棻、謝里法、東方白、莊永明等人，他們生於日治末期，我則是誕生於一九五二年、一九五三年之交的大龍峒豬屠口，後搬家到雙連的寧夏路、錦西街。雙親時而爲貧厄的生計所困，我的童年必須自求調適，孤寂彷如陰影，愉悅就是眺望台北盆地西北方的兩大高峰：大屯山及七星山。或前往茶行街堤外的淡水河，兀自眺看蜿蜒入海，在黃昏時刻晚霞滿天，倒映著燦爛波光的壯闊河面，或發呆或臆想未來……小說中所描摹的東雲閣酒家、第一舞廳、迪化街城隍廟、北投溫泉、松山機場等等，說是小說背景，毋寧成爲我孤寂童年的追悼。

這個長篇小說一直在心中構思多年，顯影的是雙親的年代，記載彼時的悲歡離合；或有讀者以二十年來慣稱的「鄉土文學」視之，一般論及「鄉土」二字，似乎已約定俗成是描寫農鄉、漁港等勞動階層，我卻寧以「本土」定位：凡是以雙足所行過，生養我們的台灣土地，不論鄉野或都會，寫出台灣人的生活、思索中的尊貴或卑微，皆是最典型的「本土文學」，但一概以「台灣文學」稱之最爲允宜。

文學作家之所以書寫，不就出自於生命思考及美感追尋，除此之外社會的公理正義亦不可或缺，如此的文學傳統自然是「理想主義」的永生信念，舉世皆然。若爲執政者所不樂意見到，是文學說出諍言實話，或許昔日與文學作家抱持著相同「理想主義」信念的反對人士，在他們獲得政權之後，由於政治的妥協或變質，逐漸忘卻往日的理想許諾，文學作家卻切不必跟隨起舞應和，這才是文學書寫足可感人且肯定自我的尊貴方式。

逆向而行，先以長篇小說《北風之南》完成叩問小說之門的試探，再以十個短篇小說印證自我從三十年散文的慣用型態轉換的可能，以我從一九八〇年至今，參與民主運動及媒體新聞工作的經歷，書寫成《革命家的夜間生活》系列一書（二〇〇一年五月聯合文學版）。

這是我的第二本短篇小說集（第一本是一九九〇年自立晚報版《鮭魚的故鄉》），相隔十二年的小說形式，共同點在於民主運動的主題，相異之處卻是前者趨於使命感的宣教意義大於文學形式，而後者卻警惕於前者的缺陷而嚴謹守住文學的美質，十篇小說分別從十種不同、寬廣的面向展延：政治犯、原住民、老革命家、政客、地下電台、醫生畫家、張學良事件、記者、學運世代、台灣民主國。

我不諱言有著巨大的企圖心，試圖以這短篇小說集連接台灣百年的歷史顯影；在私心的揣想則是一種自我的救贖。當然，我有明晰的意見，我曾經一心傾往投身的民主運動，在後記的一段文字裡，沉痛的感嘆：

以文學的思考、理想的信仰去關懷台灣的反對運動，主要是想尋求一份眞實的瞭解，瞭解之後卻是巨大的折傷。文學與政治，本來就是一種若即若離、忽明忽暗的對立，明知如此，還是懷抱著一份體恤之心，但終究是黯然告別。

生命至此，已然無言。風起雲湧的「革命歲月」遙如漸去漸微的青春之歌，我從不後悔有過的堅信與耗損；文學慢慢的將我喚回寂靜的書房，在我深感絕望、沮喪的惘然之時，我慶幸能以書寫替代所有無以言喻的失志傷痛。

《革命家的夜間生活》將我在半百之年予以切割，一分爲二，告別我狂飆、炙烈的過往，還我純淨、自在，全然的文學生活。我寫下來也完成了自我許諾的，關於童年的記憶以及未曾缺席的壯麗年代，彷如幻夢一場。

再也不必有感傷的莫名情緒，誠如文學摯友王定國勉勵於我的：「文學這種事業，本來就需要自己鼓掌自己前進；在自認爲迷失的文學世界裡，發現迷失的尊貴。」

三十年的文學歷程猶如旅行。

事實上，我亦以持續的旅行試圖撥開視野，讓異國、本土的不同形貌豐饒我的書寫；我極厭惡題裁及文字的重覆，曾經在年輕時迷戀繪畫，線條及顏彩的變化以我自擬的高標準宣告失敗之後，反而形成文學的「圖像思考」模式，風格之形成，美感之誕生自此確立。

哪怕在寫實於新聞、政治事件，絕不流俗於粗陋的遷就；也就是說，我一直嘗試以映像畫面及圖繪乃至於詩的表現方式賦予文學多向的美感構成。堅信：文學美質在於將文字如魔術般的擺置、組合，如一組音樂，一幕戲劇。

第二部長篇小說《藍眼睛》（二〇〇三年二月印刻版）多少能較爲符合此一標準的呈露，亦全然走出前三本小說有礙自我生命體驗的限囿。向歷史借鏡卻可以審愼的避開被既有歷史所牽絆的困境，場景拉到三百多年前的西班牙海盜，拉回三百年後兩個眸如海藍的現代女子，組合成一個「隔代遺傳」的異想小說。

取自於多年來浪跡於各地的旅行所得，那些古老、美麗的文明，相異的族群、共同的人生交會，譬如情愛、認同和矛盾……在昔日的散文裡已有多方討論，累積爲此後小說取材的莫大助益，這是轉向小說之前所始料未及的福分；好像三十年的散文書寫正是爲現今的小說漸進而儲備能量，這種驚喜在於長年耕植於一片靜美的花園，走出後穿過茂密的幽深森林，攀上岩岬，竟是無與倫比的壯闊群山層疊無盡。

而今，我仍固執的以筆書寫，遠離電腦。墨水接觸稿紙的那刻，對我就是一種愉悅，是偏頗的迷戀傳統的書寫方式或是懶得研習新的科技程序？對此拒絕潮流的格格不入，也許增添了編輯人員在排版作業上的繁複及不便，但求體諒我這與生俱來的執拗、迷戀手寫的樂趣，或者眞的成爲後來者所笑喻的「今之古人」了。

旅行與回憶組合了我三十年的散文風格，小說對我是一次全新的生命體驗，兩者之間包容而不相斥；可以跳脫私己的情緒流盪，冷眼心熱的進行毫無所知的文學冒險及探測。猶如在書寫《藍眼睛》小說之間，自我好似那艘從西班牙海軍叛逃的聖馬丁號船艦，沿著茫茫未知的遙遠航路，往東方前來。作者成了自己筆下的摩爾人水手，觀天象測潮水，海洋是祖先曾經策馬奔馳的北非大漠，在無邊的航行孤寂中，自得一種生命的自在與遼闊。

忽而回首，兀覺已然陌生的自己十八歲之青澀、羞赧的文學少年，在台北武昌街明星咖啡店樓下，向著閉目沉思的詩人周夢蝶先生怯怯問及：我可不可以買你的《孤獨國》？請前輩您為我題字簽名？可以嗎？

而後是十年後生平獲得第一個文學獎，驚喜的因之結識了同時領獎的秀異作家，像小說家黃凡，詩人夏宇……第二屆時報文學獎散文類銅鑄的獎牌現今已鏽痕斑剝，彷如流失的歲月不再，我卻依然在默默書寫。

第二個十年，奔走在新聞採訪及民主運動的激情之路，自己個人的情愛、幸福亦因忽略、任性而破滅、崩塌；起伏多端的悲歡離合一再來去激迴，暗夜獨自飲泣，只有燈下的稿紙無聲呈現我藉以存續生命些微的自信與堅持。

穿越第三個文學的十年，明白自己除了文學安身，已是一無所有，半生華年彷如一盹醒轉皆滿園落葉，徒留幽然不語……

動靜之間，只有文學不渝如永遠的戀人，而茫然的未來，早已不敢臆測及盼望，我從書桌前站起身來，思忖片刻，又坐了下來，毅然拿起方才放下的筆，繼續進入書寫狀態。

——原載二〇〇四年四月二十八日～五月二日中央副刊

卷三・素顏

思念在一百海里外

雲低雨茫的書房窗前層疊幾重山外
寂靜等待灰靛色運輸艦
你勢以待發初諳什麼是離愁
港的意涵本就是告別之啓步
愛情與家園皆在浪濤間逐漸遠去
迷彩軍服禁制你人間的恣意飛舞
讓軍人像個軍人，夢歸於夢
船出了港，就是獨自翱翔的海鳥
淚，自我吞嚥。冷，懂得取暖
陌生島上深秋想必開遍野菊

你是父親引以爲傲的其中一朵

翻看兒子嬰孩時代的舊照，綠意盎然的榮星花園，印著卡通圖案的圍兜，垂著粉紅色奶嘴，笑瞇的眼成兩道直線，圓胖如柿的頭上一綹疏髮，剛學走路，攀附直立，十一個月大，舒坦地靠在甫足三歲的姐姐身上，笑得可愛。

按下相機快門的，是三十歲的年輕父親。我如何回溯歲月的河流、彷如打個盹，就驚覺瞬時老去了。終於不得不承認，三十年前初讀普魯斯特的《追憶逝水年華》，那冗長、緩慢、凝聚，不厭其煩地娓娓詳述，缺乏耐性的覺得這法國人未免過於繁複、瑣碎；三十年後再閱前書，才明晰如鏡，原來原來，這一向從小多病的作家，似乎天啓般地知悉去日無多，就那麼如同遵循宗教信仰似的用心書寫，六大冊的《追憶似水年華》，人生是何等的拚命！

也許，不諳文學的兒子，在遙遠的外島，不曾離家獨處的心靈，面向距離一百海里的台灣家園，多少會領悟到，昔日年輕，而今初老的父親，何以竟夜埋首般般書寫？親愛的兒子啊，父親執著於不懈的文學書寫，無非是害怕有一天會失去所有的記憶，如飲忘川之水，所有曾經有過的錯誤、背叛、敗德，生命是如此殘忍地檢驗、試煉。是清澈純淨或自甘與這是非混淆、公義迷濛的亂世共沉淪，共墮落？

父親寧願選擇一條人跡稀少的荒徑，兀自勇毅的前往，文學自是僅存的生命價值，尊嚴乃是我不渝的奮力書寫；多少年來，父親寧爲孤飛的烏鴉，不做群歌之喜鵲。

●

你在遙遠的島上，我在距你百里的家園。小島與大島之間，波濤湧漫著父親對兒子純然的思考，像大樹自始相信種籽，猶如海眷念魚族。那種生命的美麗與蒼茫，或許連結著某種孤獨的方式，少年軍人是你，逐漸老去的是我，相信父子之間，都會尋得理解的共識。

秋深露寒的島，我曾抵達，岩層之間那種在霜冷勁風裡，用力掙出凍土的野菊，多像鄉愁挹身的離鄉軍人，也許仍有戰爭的遠訊或者曖昧的警示，都不礙於做爲一個持槍捍衛家國的凜然責任，你必然記取：你此時是台灣的軍人，而後才是我最珍愛的兒子。

從家園駛至的夜航客輪，靜謐地泊岸，你在子夜風冷的哨所，緊握武器，實彈上膛，堅定的眼神俯看一船的燈火燦爛，鄉愁昇起如那濛濛海霧，客輪啓程地的港市，有你眷戀的女孩，丘陵上的學院，課室窗外就是北向的茫茫大海，應該可以清晰的眺見前往你駐守離島的巡洋艦或定期往返的交通船，情愛隔著距離，思念就是那沒有國境線，恣意飛行的羽翼。

我還記得，台北車站第三月台，入伍受訓，你去成功嶺的早晨，女孩哭了，手提裝黃金鼠的小鐵籠，孤獨的佇立在第四月台，等著回宜蘭的列車，時間就僅差五分鐘，你南下。多像父親我三十年前的再版，那時有個心愛的長髮女孩，隔著南下列車的窗子，哽咽地，艱難地吐出哀婉的許諾——我，等你回來。

我回來的時候，她卻早已決絕離去。幸福的確很不容易，脆弱如風中紙片。

也許是我不符合心愛女孩生命的期待，或是距離冷却彼此原本青春烈愛的心；更確切地回想，猶如一首歌中所傾訴著的歌詞：「我們太年輕，心還不定……」沒有對錯，只有憾意長存於往後悠遠的記憶，生命眞的很辛苦。

你駐守的列島，曾留著父親知交的作家、詩人好友的足跡。小說家傷逝很多年，散文家寫過「菊花筆記」，詩人仍未能忘情，時而回返島上，不再以詩追念，而是油彩及膠卷留影。

我尋索地圖，我們最北方的疆域，黃魚豐美的洄流，岩塊堆積的閩東建築，昔日可容百艘登陸艇的坑道航路，而今爲藏酒的窖穴。不酒不菸的你，應該試著喝點酒，除了暖身，多少能一解鄉愁，學抽菸，父親也不反對。終究，孤獨是那般蝕骨沁身，思念無以克制，不妨勇敢的淌下幾滴淚，不要逞強，示弱有時乃是勇者最人性的溫柔。

只有眠夢沒有距離，安穩的入睡，夢來島岸的湧浪，何不化身爲鰓人，奮力、恣意地泅泳於潔淨的浪潮之間？星閃的浮游生物在你青春、強健的肉體四方旋繞若發亮的小燈籠，想像自己是尾海魚，用力搖擺手足幻化成鰭，泡沫吞吐，思念與鄉愁轉爲更強勁的力量，孤獨有時令你更堅毅、勇健，從男孩到男人！

迷彩野戰服？你的驕傲，你的生命美學。如果你懂得身心安頓，那麼就學著在紙頁上逐日書寫，悲喜憂歡，自我成詩賦歌，他日翻看默讀，軍旅歲月皆是青春年華不滅的印證。

繼續從舊照裡，尋覓你成長的笑顏，那般純淨無邪地求學年代，漫畫書、模型玩具、霹靂布袋戲角色扮演，你二十歲時的第一部摩托車……，日子接著日子，怎麼？偶一回首，大學化工系畢了業，兵役通知飛鴿般隨即就來。

好像不久前，那在嬰兒車裡沈沈睡去的，小貓般的娃娃，奶嘴還緊含在唇間，我輕輕地，怕觸及中山北路三段紅磚人行道某個裂開的缺口，雙手小心翼翼地挪動、推移著嬰兒車，不經意間，一片秋來微紅的楓葉飄了下來。

●

送你搭船前去外島的那夜，我靜靜地爲你寫詩……，其實父親不是詩人，但只有詩句才能呈露一份思念、不忍的心情，猶如從我們的台灣島嶼飛鴿傳書般地，穿越波濤百里的海域，告訴少年軍人的兒子，要你堅強，盼你平安。

島上生涯還正長，野戰服是你的溫暖，武器及彈藥是你的戀人，深秋一地的野菊就將它想像做思念的排遣吧，每一朵都是生命最純淨的反思，冬來海霧若雪，春至浪緩波藍，夏天來臨的時候，你就全然與島融爲一體，不再陌生，在坑道，在岸邊，昂然雄壯如不朽之兀岩，父親對你有自信，你也要肯定相信自我。

請爲我採擷一朵野菊，插在槍管裡，如同逐海吟哦的詩人管管，這樣、你會發現，武器的鋼鐵不再冷硬，反而溫柔如同美麗的瓶花。

幾年以後，有人問起島上事，你可會笑談父親曾爲你寫過一首詩？詩句裡期許兒子——

淚，自我吞嚥。冷，懂得取暖。

父親的思念，隔著一百海里。

——原載二〇〇五年二月十七日台灣副刊

島外之島

五十米高度下波濤洶湧，海，灰濛如墨。

我在飛越島外之島的航程，座艙裡久久沉寂；九人座直升機，除了嘎嘎然槳葉旋動的噪音，僅有能予以辨識的，是前座駕駛員不住監看的衛星導航螢幕。機窗外，微雨與海霧。

三十年前，詩人好友搭著AP運輸艦抵達此時我所前去的島外之島，詩人是否仍記得他在一九七四年前後所寫的〈觀測士〉及〈燕子〉詩作？但他清楚地提及；至少，當年抱過剛滿月的小男嬰，二十二年後回到詩人年少曾駐防過的島外之島；岩岬峭壁，夏花石蒜，紅豔似火，百年前英國人所築的燈塔依然點起火焰。

詩人啊，我們都逐漸老去，一如島外之島，偽裝網下逐漸傾圮的迷彩碉堡。年少軍人的傷心在於冬冷的孤獨暗夜，撕碎戀人告別的遠方來信，夜風殘忍地將訣別信的碎片吹得很遠很遠……就忘了吧，當做幻夢一場。年少軍人自我解嘲地呼朋引伴，烏梅酒配花生、豆乾，盡情喝吧，我請客，我終於沒有牽掛，終於自由自在了……呼喊的嗓音怎麼瘖啞？繼而是心虛、可憐復可笑的氣音，被哽咽緊捏住脖子。

二〇〇四年耶誕節，浪湧霧冷的陰霾午後，未先告知地來採訪曾是少年軍人的我的再版……從幹訓班被喚了出來，未及回神從指揮部岩石構築的會客室略帶驚惶的喚聲：爸——繼而相對無語。只見冬寒的氛圍裡，一身毛領迷彩深綠軍服，向著前去的來人行著舉手禮。

●

午餐老酒芳純若醇厚之秋陽。我說，不能貪飲，否則午後的文學演講醺紅之顏可會愧對三百個高中學生。留學西班牙的本地畫家仍不減談興地提及安達魯西亞滿地的葵花及海明威參與過的內戰採訪，關於為了抗議軍事獨裁者佛朗哥將軍而離鄉半生，以《格爾尼卡》畫幅予以譴責的畢卡索……酒，讓人毫無距離。

子夜未眠，念著七十公里外，台灣最北疆域戍守的少年軍人，在外島與外島之間，去看他？不去看他？手機未關，前幾天從台北捎寄的耶誕卡寫著：我來距你數十海里的島上做文學演講，如你願意，撥個電話，說聲問安……僅此盼望。手機自始沉睡無聲，我卻未眠。

二十二年前，詩社同仁在滿月酒聚，爭先親吻、擁抱的小男嬰，如今是島外之島的年少軍人。未先預告，我掙扎在去或不去的糾葛裡。為什麼不去？去吧。島上的朋友鼓舞著。夜深人靜，傍海的度假旅店，落地窗外的狹長露台，咖啡桌上燃著燭光，彷彿一種呼喚。如果是三十年前，應該熄燈警戒，砲擊構成暗夜裡僅有的煙火，不是喜慶，而是對抗與世仇。

那年，同樣冬夜霜凍的高雄橋頭鄉，師對抗前夜的限時信，最初的戀人比寒冬還要冰冷的字句猶如利刃，說，情緣已盡，告別於此。就是分手的殘忍宣示。是我不諳她慧黠的心思或者是她眞的不懂我自始殷切執著地期盼？也許，誰也沒錯，錯的是時空遠隔，烈愛難留。

明午即將跨海去探訪年少軍人的我，只最稀微的願望——三十年後可別重蹈覆轍。

●

據說初夏抵此，滿島皆是北來的黑尾燕鷗；在層疊磊磊的岩壁棲息，如冬日初雪。

營房旁的巨大坑道，據說美製的猛虎坦克可穿梭自如；如今成了觀光景點，架著木質階梯，供我這青春不再，體力衰微的半百之人攀附而行，我氣喘吁吁，年少軍人則足蹬長筒皮鞋，小白馬般昂然上下，微笑指點我，昔日的砲陣地，岩岬間參差的詭雷、堅利如刀的龍舌蘭……數十丈下潮浪哮號，鐵蒺藜漫布如蛇。

年少軍人啊，而今你壯碩如這島上青春、勇健的堅岩，再也不是那個嗜愛模型、電動玩具，撒嬌羞赧的男孩，這台灣國土最北，冬來霜寒雪凍的島外之島，鍛你由柔而剛，什麼時候，你溫柔的雙眸如此沉靜又如此堅強了？

多少年，不曾沉睡在我的身旁，緊密的操練行程，讓你疲累酣睡嗎？或者是晚餐時的幾杯陳年高粱？你說，受了風寒，那麼就安心地睡去吧，也許眠中有夢，夢見距此一百七十六公里之遙的台灣本島，夢見雙親、姊姊及最疼愛你的阿嬤，睡吧，父親不就在你身旁同眠？

島外之島的軍人眠夢，或許鄉愁，或許戀人，哪怕醒著，皆是悲壯的美感經驗；孤獨因而思念，追憶以及未來，親愛的孩子啊，歲月還正起始，微笑、勇敢，青春正是燦爛。明早醒轉，又是滿眼的海，壯闊無涯，手握捍衛家園的武器，是偉岸的年少軍人，管它是冷冽的冬風或奔忙的操練，看那海潮，澎湃永恆。

偶爾你咳了幾聲，我心疼。島外之島的凜冽冬寒，夜沉如墨，我們相會就是無限圓滿。

●

晨起的寬闊港岸，僅有我黑衣獨行。

船訊未知，或者從台灣開來的定期航班未到？你仍在熟睡中，我已在岸邊的白馬尊王廟燃香三炷默禱，祈願所有在此的年少軍人平安、保重。大海沉寂，前望蒼茫，島仍未甦醒嗎？

憶及昔時的冬季，厚袍裹你年方三月的小小軀體，走訪家居桃園平鎮的軍人叔叔，陸軍上尉的小說家，去石門水庫吃活魚八吃，季候奇寒，叔叔怕你冷，憐愛的以厚實的野戰大衣予以暖烙，你睜著一雙黑亮大眼，咯咯笑了。

那時，我和叔叔還那般年輕，相互許諾文學的堅執不渝，且遙想多年以後，我們會看見小說家叔叔成爲將軍……二十二年前可不是？

二十二年後，我來這遙遠的島上看你，終究必得離去。年少軍人送我到直升機場，我問：待會怎麼回營區？你果斷地回身指向島的某個稜線，峭壁與兀岩接壤的低處，一排迷彩建築物，堅若堡壘——我，走回去，不遠。

保重，好好照顧自己，嗯？最後之叮囑。

知道了，爸，您也保重。

走向直升機，槳葉旋起暴風，我回頭，忍不住再看一眼，候機室門口已在百尺之外，一身迷彩軍服的年少軍人輕輕地、緩緩地揮動右手，靜默地沒有任何話語，凝肅著送別。

同行的友伴催促上機，顯然是我停滯了。

再回首，年少軍人依然揮著告別的手姿，我回以同樣的手勢，踩進狹窄的機艙裡，直升機立刻騰空而起，不由然地哽咽，低首俯看——最後一瞥，是他脫下軍帽，輕緩揮別。

——原載二〇〇五年三月七日聯合副刊

東引家書

驟雨方過，海軍碼頭幽暗的粗礪水泥地面積著水漬，鏡面般地倒映東碼頭那端，高樓之間璀璨的霓虹光色；風吹泛起漣漣水紋，彷彿生命是那般飄忽不定，像極父親半生行路。

你，靜靜的坐在車後座，吞嚥著炸雞塊，油香以及某種告別前的隱約愁緒；父親則佇立在二十呎外的幽幽夜色裡兀自抽菸。暗黑的空蕩碼頭，逐漸駛入或已然停駐的各式車輛，與你一樣，由北方外島返台休假的少年軍人們次序匯集，帶著相彷的離愁，告別前夕。

父親沉靜的抽菸，灼亮微熱的燒著等待。不是等待你外島歸來，而是等待你別離的晚間七時三十分；你應該清晰地瞥見菸頭在幽暗微霧裡兀自閃眨如夏夜之流螢，暗示般地難捨。

和你保持著一段距離，讓你以手機與戀人或友伴話別，是父親一向的行事風格；尊重獨立個體之自由意志，包容相異不同的認知，這本就是人之所以爲人，最基本的文明器度。無論是對待友伴或作爲父親兒子的你。

愛，是唯一的理由。愛，有時令人沉淪，愛，也令人重生。

這是作家摯友小說的結論。父親也要以這一段語意深長的字句作爲對你未來的期勉。

挪近到管制區拒馬阻隔的邊緣，前方燈光輝煌的兩千噸運兵船「合富輪」，靜止如歛翼的沉睡天鵝。也許就在父親夜深沉眠之時，你和所有少年軍人，讓船舶帶著你們，穿越平波微浪或潮湧洶譎的海域，返回閩東列島的駐地；晨霧深鎖的拂曉，先抵馬祖，再去你的東引。時距除夕前兩天，二〇〇五年二月六日晚上的基隆港海軍碼頭，父親送你搭船回東引。

●

父親每週一封家書，盼你靜心服役，平安保重。冬日凜冽，台北盆地氣溫驟降時，最疼愛你的阿嬤就微皺眉宇，黯然地問說：東引一定更嚴寒，不知道乖孫會不會凍著？

父親在子夜的文學書寫之時，寒露浸身，感覺冷顫，或在電視新聞中的氣象報告裡得悉；陽明山降雪，櫻樹被寒雨夜露凝凍得飄墜滿地。忍不住會探詢馬祖列島的氣溫。稿紙間未竟的文字暫停，爲遠方的你，寫問候家書。

「親愛的兒子，台北盆地冬寒，你在東引，一定更冷。軍用夾克暖和嗎？東引是否飄雪？」

你不曾回過信，倒是回電話告訴父親：

「好濕好冷。島上沒下雪，海霧比雪寒。」

父親之心自然因憐愛而微痛。但還是在捎給你的家書中肯定地期盼，你必須先是捍衛台灣的勇健軍人，然後才是父親衷愛的兒子。

父親童稚年代的基隆港，青梅竹馬一起成長同齡的表姊，你未曾面見過的阿姨。悄悄的帶年方十歲，你的父親進入她家規模恢宏的製冰廠內的冷凍庫；無以數計倒吊的鮫魚、鮪魚、旗魚……目不暇接。冒著白冷寒氣，不慎竟被厚達一呎的鐵門反鎖其間，幾乎雙雙凍僵。

表姊終究只能是表姊……十八歲時來台北，在如今已不存在的國聲戲院，看了潘壘編導，祝菁與魯平合演，以淡水小鎮爲背景的愛情電影：《明日又天涯》。那時父親常在拂曉時分，搭第一班的北淡線列車去等待第一抹淡水小鎮的晨曦；七〇年代的小鎮很寧靜，淳樸而幽美，不像現在，粗俗且喧譟，昔景全非。

還記得帶你及姊姊去搭乘最後的北淡線列車往返嗎？一九八八年七月十六日晚上八時。

●

許是某個晴朗的向晚，父親時而駕車循著北上高速公路急馳，在汐止路段接往萬里方向的二高，從大武崙交流道下來左轉往北海岸，停駐在外木山漁港高處；那裡可以遙看壯闊的太平洋，基隆嶼兀立於港的出海口。其實是盼望能看見從北方外島返航的交通船，自然明白你不可能在那船上，卻多少有種眼熱心跳的靈犀在心；父親揣想那船是從你的島上回來的，那份遙遠的思念之情，就可因眺望得以報償。

野戰服的少年軍人，父親怎不知你思鄉愁緒？父親想你的心如同數以萬計，惦念在台灣之外駐防的少年軍人的父親們的感觸萬千。

這是從男孩到男人的鍛鍊過程，是人生修習責任的承擔，面對自我最美好地考驗。親愛的兒子，你是父親最自豪的生命驕傲！

翻看離別日午餐時，父親以那具萊卡Minilux爲你記載的相片，見你短髮英挺，意氣昂揚；畢竟堅信在那冬寒霧重的最北之島，必然應對得宜，神閒氣定。相片裡，少年軍人還是阿嬤最疼愛的乖孫，還是略帶童憨，緊偎著阿嬤，輕淺微笑凝視正按快門的父親。右方是戀人，左邊是大你三歲的姊姊，欣慰你們都已長大。

憶及去年十月初，你在烏日成功嶺結訓，給父親電話，說抽到了「東引」，感覺意外。父親勉勵你：就愉快地去吧，詩人德亮叔叔三十年前在那裡待了近三年，寫了很多好詩。

而後是幾天後的基隆韋昌嶺待命搭運兵船前往報到。父親向晚去探訪你，父子倆看著營區牆間巨幅的馬祖列島地圖，東引在最北。

父親捺熄了燃盡的餘菸，流螢再也不見。你一身雄壯懾人的野戰服下車，向父親俐落的行個舉手禮，平靜的說：集合時間到。再會。

保重啊兒子。你是獨立堅強的少年軍人。

——原載二〇〇五年三月三十一日青年副刊

二十年後小說家

如果，有人還堅執不渝的相信文學的力量足以與孤獨共同昇華，且能夠捍衛生命最後價值，且是自我最終之救贖，我將致以敬意。

他離開了很多年，關於小說。

告別的姿勢顯得遲疑不決，也許年輕的削瘦臉顏呈現著一貫的靦腆及落寞，但我堅信有一天，他還是會回返；二十年一瞬，卻沒想到是以初老的孤獨身影，這般堅定而巨大，隱約，還是可以聽到二十年前，那熟悉的微嘆。

彷彿依稀的黃昏時刻，我那位於濟南路報社六樓的副刊編輯室，傳眞機乾燥的吐出手寫密密麻麻的秀緻文字，他每月一篇的「商戰紀事」，我終於逐漸鬆弛下來的惦念心跳；那是我副刊編輯生涯中，最爲溫慰的美麗回憶。

隔此挪前十多年，我和他仍是文學初習者，堅不北上的他，要我替代領取聯合、中時兩報的小說獎項。理由是「僅想與文壇中人保持某種等距」。剛結婚不久，亦成爲法院書記官，不久竟搖身一變，成爲中部房地產方興未艾之時的企業新貴……我卻仍然留存著最初的文學印象，他在馬祖服役一系列的散文：「菊花筆記」或更早的，在聯副的小說：〈愛是握手〉……棄文從商，我不相信他會更快樂。

二〇〇三年，他暫別小說的二十年後，首篇新作〈鱒魚〉終於在自由副刊發表。之前，他因商務上的沉甸壓力，年近半百的生命蒼茫，似乎由於小說的重返而獲得意外之紓解；小說家東年別出心裁的親自將刊著〈鱒魚〉的副刊整版裝幀爲一個海報，是何等可感的激勵他：接下去，第二篇，第三篇……合爲一本新小說集。永遠難忘那一個小說發表的週末，在他位於南投國姓鄉山莊裡的文友酒聚，滿天星光，而我在微暗中，清晰的瞥見他的感懷。

前後任的自由副刊主編，許悔之與蔡素芬是促成這離開了二十年的秀異小說家重返的主力；另外，初安民、東年等文友亦值得感謝。我則是這二十多年來，不厭其煩的烏鴉兼任喜鵲，並且陷害他，在行有餘力之時以實質的財力捐輸於台灣民主運動。年來則多少因爲我在電子媒體上，試圖以較爲疏離、中間的立場，針砭藍綠，論斷黑白而引發彼此觀點上的相異認知，但我堅信：文學及友情是永遠不渝。

建築業商人能夠時而不忘年少時的文學志向，身在滾滾紅塵，卻爲崇仰的文學淨土所一再召喚。誠如他在小說集《沙戲》之序：

孤獨在它還沒爆發強悍的力量之前一無用處，直到我終於摸出它的形體，像行者寸步不離的支杖，像緊鎖在珠寶盒裡的一縷堅實的古老氣息，這一程遠遠超出大自然的心靈跋涉，竟然耗掉了長達二十年的時光。

小說家開始進行可能比他尋常營生的建築事業還要艱難的抉擇……我是冷眼熱心的遠距觀察及關心，想像：在台中喧譁擁擠的水泥森林，他所建構的大樓頂層臨著公園的書房，或在鳥語花香，綠蔭雲嵐的國姓山莊，他的孤獨深思，奮筆疾書，由手寫到逐漸熟稔電腦字鍵……他知道我一直在期許小說完成，一如我自己。

陌生的台北文學圈，二十年後他依然是陌生的。這樣很好，能夠一直保持某種距離，如此他的新小說自有一種異於他者的孤獨魅力；譬如時有神來之筆，哪怕所寫是紅塵情境，他與生俱來的孤獨卻形成另類依循古典的美感重量。就怕回到小說家的他，自囿於生命盲點的固執，一廂情願的認同或斷定。如果他能再予以深思自己給予小說之定義，如他所言：

採用小說這種文學類型作為中年復筆的文體，適足讓我可以鑽入集蘊多年的人間體驗中抽絲剝繭，把最溫柔和最殘酷放在一起對抗，把最安靜和最喧譁譜成和聲，甚至也把沉默的自己從裡面的最深處解救出來。

這般地以「人生體驗」襯以他一向的「悲憫情懷」，可以鍥而不捨的以一年時間，寫出：〈櫻花〉、〈囁嚅〉、〈沙戲〉、〈苦花〉、〈黑影〉、〈孤芳〉、〈側翼飛行〉加上最初的〈鱒魚〉合集為書，且取其中篇名〈沙戲〉作為書名的短篇小說集《沙戲》，其透徹的人生行路，洞悉人性，才是救贖讀者乃至於小說家自我的完美成就；小說可以救贖，那麼人的自我呢？譬如一個創作者最不可缺的「自由意志」。

一位主編文學副刊的詩人老友近日來信，感傷的說起：「眼前這社會，百分之九十五以上的人不要文學、不理文學，也活得好好的。文學是什麼？文學有什麼用？不能不教人懷疑。」

但就是有人在離開二十年後，又返回小說創作。也許世事多變，人性多端，傷人損己，文學卻不會；他重返的意義印證了文學與孤獨的巨大力量，二十年後的小說家，王定國。

——原載二〇〇四年七月《聯合文學》

美質歸返

假使文學呈露的是生命的眞情實意，那麼對於一顆自年少青春即傾往文學的雋永之心，哪怕由於紅塵行走，現實罣礙，奔波於世俗營碌之餘的夜晚到臨，倦顏回眸，心所惦念的，竟就是案頭未讀完的小說，幾年未竟的稿箋。

飄移在作家與珠寶設計師這兩個角色之間的曾郁雯，十幾年來大約多少遭受到這種似乎矛盾的困境。文學毋寧是作家少女時代誓言的終生志業，時往今移，而今頗有創意聲名的珠寶設計師頭銜，亦爲這生在北台灣古鎭三峽的美質女子累積評比極高的人生指標，但只有她明白，她那慧黠美麗的心，終將歸返文學。

二〇〇五年初夏開始發表在華副以及《皇冠》上的映象詩文，令人驚豔的「京都系列」將春末北國櫻季、古街、旅人心境，透過純淨含帶人文素養的歷史情懷之映象，加上神來之筆的短詩，引領讀者自然心領神會的融入京都景色情境。曾郁雯以此宣告，從此決意重返文學。

十多年來，這畢業於台大歷史系的三峽女子，擁有著：G. I. A. G. G.（美國寶石學院——研究寶石學家）位階，終日置身於昂貴的晶鑽之間，她卻永遠不忘以文學的美質，思索如何在珠寶設計上予以人文素養，不重俗豔寧取高潔，在《珠寶，女人最好的朋友》一書，當可見其創意與文學相融無礙的圓滿。

以秀異的攝影留下「京都」的前兩個月，她人在冬寒雪凍的布拉格，再往前推移幾年，曾郁雯則遠赴義大利……也就是說，在她奔忙於珠寶設計事業之同時，念念不忘的仍是久疏卻眷愛的文學書寫，她以旅人的身姿勇往直前。

九〇年代，這位追隨著國寶級偶戲大師李天祿先生，爲求近身採訪遠赴法國的作家，初試啼聲，以四年光陰，完成了如今允爲珍貴史料的：《戲夢人生——李天祿回憶錄》，而後陸續可見她的長篇小說：《台灣阿足》、《愛情是毒藥》，散文集：《鯨魚在唱歌》等，那大約止於一九九八年，此後曾郁雯似乎與文學全然失約。

失約並非告別。在二〇〇五年春歸返文學的前幾年，她在影視編劇的另一角色印證著堅定而美麗的許諾。電影：《天馬茶房》劇本入圍金馬獎，令人意外的是，如今傳唱不休的〈幸福進行曲〉讓曾郁雯獲得金馬獎（最佳原創電影歌曲獎）；而她爲故鄉三峽所填詞的〈阿嬤的雨傘是一朵花〉亦受到二〇〇五年金曲獎入圍肯定。

據她所言，這是她至今僅僅寫過的兩首歌詞，其實無非出於對文學的殷切期盼，彷彿堅信，書寫，正是她實踐理念的方式，由此可見這外表溫柔，內在執著的作家珠寶設計師，對於她一生所堅持的文學眷愛，有著巨大的期待且有著無限之可能。

歸返。有心的讀者多少能夠循著曾郁雯映像的呈露而尋得文學脈絡；這是相異於一般攝影者以景觀心的逆向，也就是說，她在按下快門的剎那，事實上早以文學思索予以構圖在心，所以映像的文學美質顯得格外純淨、內斂。

曾郁雯從不諱言，昔日諸如收錄在：《鯨魚在唱歌》散文集中的「城市書簡」系列連作，是在方剛創業的珠寶設計及爲生活需索，必得奔波的苦澀忙碌裡，在台北東區工作場域間，得以偷閒得暇的書寫，對她已是最大的慰藉；無奈悲愁面對現實中的紛擾，她由斷裂的文學書寫中，提示自我切不可失去文學的美質。美質。正是曾郁雯可貴可感的終極價值。

文學。在這貪婪浮華、是非不明、價值混淆的台灣社會，怕是無以爲繼卻又是暗夜僅有的微弱燭光；對傾其半生所愛的文學許諾，曾郁雯卻顯得格外的堅持，那種自許無可比擬。

曾郁雯之值得重視，在於初寫就呈現自我型塑之風格；這是文壇少見的異數，她如同珠寶專業般切割映照凝看，映象構圖、詩文布局，自有她一種獨特詮釋的美學，耐人尋味。

如果自我期許，四十歲後生命之抉擇，珠寶設計師是紅塵角色之外，「文學作家」想是這美質女子下半生誓言奮力的終極指標了。文學之路，無以一蹴而就，必得長年累積、蘊育，足可慶幸的是曾郁雯已在二十年前逐步出發，那麼雖說中途略輟，再啓腳程，相信思維必然更臻進境，身影必然更爲漂亮而沈穩。

小說：《台灣阿足》及《愛情毒藥》多年前已預告她不俗且蘊含的文學才情，歲月滄桑必然讓按捺、隱忍多年的作家更爲練達涵容。是以，讀者以驚豔有別小說、散文之「京都系列」的映象文學，自是曾郁雯歸返的重大喜訊。

布拉格冬雪，京都之春。一定程度的氛圍裡，感受到櫻與山茶花在微冷乍暖的大氣裡隱約的喘息、呼吸。必須從純淨的文學思索去探詢作家何以顯影風景配以詩情？圖文捧閱之間，影與詩合一，抒情其外，人生況味其中。

歸返文學的曾郁雯，竟以如此漂亮、純淨的方式宣示，往後想必更有深邃而可期待的散文、小說一一呈現；不再輟筆荒疏，相信從文學裡，她與生俱來的美質應會給予沈寂的台灣文學一種另類的新姿。近觀新出版的圖文書《今天是幸福日》只是啓幕，舞台才正開演。

文學既是一生最美麗的戀人，蟄藏多年決意重新歸返的作家，如同遠遊還是必得回家的旅人，曾郁雯的美質，必然會在書寫中重生。

——原載二〇〇五年九月二日中華副刊

咖啡時間

快二十年了吧？偶爾路過近忠孝東路與濟南路之間，位於新生南路上的「老樹」咖啡館，還是會忍不住推門而入，要杯習慣的曼特寧；古典的法式深褐圓桌隔著大片落地窗玻璃的幽巷，以前李瑞騰夫婦就住在巷弄第一家公寓二樓，那時我們多麼年輕、銳氣，像沈登恩。

我在「老樹」的第一杯咖啡，是沈登恩請客的；也是我與當時出版界稱之「小巨人」，志得意滿、意氣昂揚的「遠景」主人的初見。彼時，還是文學新手，不敢冀期散文能在台灣文壇赫赫有名的「遠景」出版，卻是和我談到出版及翻譯權之轉讓——二十六歲那年，初生之犢不畏虎，我以二十五萬元，母親所資助的「創業基金」，天眞的以爲可以開一家理想中的出版社，專出自以爲是的一流文學書，不論台灣或國際的秀異作家作品。

兩本翻譯書。英國偵探小說女王艾嘉莎．克莉絲蒂的名作。來自金門，在台大唸中文系，大學期間就以小說〈鐵蒺藜的春天〉、〈黑球〉等在《中外文學》嶄露頭角的張國禎，正是將艾嘉莎小說引進台灣的前鋒。我那卑微的小出版社出了兩本書之後，幾乎將二十五萬完全耗盡，再也不敢向母親開口，於是死了開出版社之夢，上班，寫作。

沒想到沈登恩會相約在「老樹」相見，醇厚香濃的咖啡未盡，他已爽快的付我版權轉移金支票，張國禎此後亦成爲「遠景版」艾嘉莎．克莉絲蒂小說全集大半的專屬翻譯家。

「這裡的咖啡好，以後我們多相約哦。」沈登恩瞇著細長的小眼睛，一頭散髮不馴的輕晃著；偶爾目光投向窗外，彷佛懷抱著巨大的「遠景」。此後，看著這家以最高質感要求的出版社無論在台灣文學主體性的建構，諸如大部頭的「日據時期台灣文學」、「七等生小說全集」、「鍾理和全集」、鍾肇政的《台灣人三部曲》、李喬的《寒夜三部曲》等等，不啻是在原本荒蕪的島嶼土地上開出無比燦爛、堅強的勇健花樹。沈登恩是個有心人，在一九八〇年代初期，以《尹縣長》名世的陳若曦返台爲因「美麗島事件」繫獄的兩位小說家王拓、楊青矗，勇敢面見蔣經國仗義執言，他則開著賓士車帶著陳若曦南北奔波，無怨無悔。

直至他雄心壯志宣稱「遠景」要進行巨大工程的「諾貝爾文學獎全集」之時，認識沈登恩的朋友多少替他暗自捏把冷汗，卻也深知這出版界的小巨人那種說到做到的豪情萬丈，哪怕千苦百難，必定會做到完美卓絕。怎知在整版預購廣告刊登之後，另一家名不見經傳的出版公司搶先印行，亂了市場法則。及後有人談此，不免扼腕深嘆：「諾貝爾文學獎全集」榮耀了人類文化，卻讓如日中天的「遠景」失去遠景……沈登恩的挫敗及黯然可以想見。

多年以後，每每翻看遠景版的《夜行貨車》、《山路》，憶及在政府的出版管制之下，沈登恩毫無所懼的出版陳映真的小說、李敖的文集，這身影瘦小的嘉義男子，似乎又無限的巨大、昂然於心。有人說他高傲、目空一切，我卻認為他有著高質感的文學品味，獨具慧眼，才能建構出版的「遠景」，革命性的以文化榮耀台灣的尊嚴，瑕不掩瑜，可不是？

「遠景」的沒落，沈登恩亦顯得蕭索；幾次與他相約在「老樹」喝咖啡，總是提著那只花色變暗的ＬＶ公事包，那深褐的紋痕，襯以滄桑的眼神，憂鬱之色，不言可喻。明說每天為了債務四處向人低頭懇求，當年顧盼自雄的出版小巨人，殘酷的現實終究壓得他難以透氣；他還是大方的說要請客喝咖啡。

「希望有那麼一天，有榮幸出版你的書。」他靦腆的微笑，卻那般地淒苦。

其實，我與沈登恩不算往來頻繁，但心中自始維持著一份對他的敬意；多少也暗自期許「遠景」能夠回到昔日的光榮燦爛，但似乎時不我予。台灣而今變得如此粗暴，人與人之間的信任、溫暖、情誼皆被政客操弄、宰治，口喊「愛台灣」，心裡卻燃燒著仇恨之火。不讀文學，文學只是裝飾政策，御用文人爭著抱執政者大腿，只問立場，不問是非。如果沈登恩不在二〇〇四年五月十二日不告而別，看見如今的動亂不安，小巨人的長年憂傷想必更深更重，遙想「遠景」的七〇、八〇年代那般美麗，在文學的滋潤裡，在威權的抗爭中，沈登恩以出版見證了台灣人的勇健向前，毫不妥協。

我又在「老樹」的落地窗裡坐了下來，慣性的叫了杯曼特寧咖啡，靜靜的一個人仰看巷口那棵綠樹，這逐漸有了年歲的法式圓桌，是沈登恩與我相約固定的位子。昔人遠矣，我這白天飄行在各電視台評析政治、夜深埋首小說的無用之人，想起爲這只見沉淪，不見提昇的貪婪島國，忽而感覺自己是何等心虛。眞正的有用之人沈登恩悄然走了，在那些沉鬱無歡的時日，我們的朋友沈登恩竟沒向我們告別，也許他比活在這亂世的我們幸福，雖說淒冷，卻走得身影漂亮。

再要了一杯咖啡。沈登恩，這杯曼特寧是爲你喝的；彷佛之間，你還與我對坐，有些落寞，有些黯然，但從此這些都不再重要。

——原載二〇〇五年五月《文訊》

斷訊

巨大的半身彩照，靜謐地佇放在菊花間。

肝癌過世，大我四歲的文學老友，照片裡的眼神依然是清淺地，略帶苦澀之微笑看我。

我輕述著印象中的亡友，提及最後一次與他和作家朋友去爬玉山，從塔塔加鞍部走八點五公里步道至排雲山莊，他腳程未竟，在三分之一距離的亭子歇息，臉色蒼白，氣喘艱難。

家屬輕泣，訴說的我回過頭去，問候亡友的遺照，停頓片刻，像尋常交談的對著他說——你，眞正自由了。就像一隻展翅的蝴蝶，自由地飛向台灣天空吧……。

二十年前，一九八五年十月，我們辦了只出過七期的《文學家》月刊，而後我遠走北美洲，試圖結束三十五歲前生命所有的困惑與耗損。離台前夜，你以酒送別，不多話，深眼看我，還是熟稔地略帶苦澀的微笑，你說我很勇敢。我答之，是挫敗後不得不的誠實以對而已。

玉山歸來後，不曾相見。再聽聞訊息已是病危在加護病房，我明白，一定要見到他。問到手機門號撥了過去……沒人接聽，只留語音信箱。如鸚鵡留言，問候病情幾句徒留惆悵。

斷訊……他在生死交關之間，怎能回話？

斷訊……我堅信他會勇敢地活下來，堅信我可以拎一袋水果去移出的普通病房探訪他，笑他說，小說家之夢未了，怎能輕易告別？

斷訊……永遠不曾回話，永遠與我斷訊。

略帶哽咽，已然哀痛逾恆的夫人來電話，囑我以感性話語，在告別式說我這文學老友。陽明山菁山路正入夜，剛喝完第二盃波爾多紅酒，我從燭光的玻璃屋走出，哀傷如晚風襲身而至，抑住微醺，用心地答說，我一定會的。

側看玻璃屋內酒聚的歡顏，隔著一層冷冽地透明屏障，裡頭笑語，外邊之我則是神傷。

夜景燈火四佈的台北盆地，視野可多少辨識基隆河與淡水河在社子島交會，被幽黑如沉眠巨獸般丘陵遮蓋半面的盆地西側，幽幽流向遠山的大漢溪，河岸他長居的板橋。此時，他靜靜躺臥在殯儀館孤獨淒冷的遺體冰櫃裡……

關了手機，我深知，從此永遠與他斷訊。

是啊，我二十五年如兄長般仰望的文學老友，你眞正自由了，脫離了困阨苦痛的肉身，你純淨的最初靈魂像蝶翼般輕盈，用力飛吧！

這人生太苦，你解脫，我還厚顏賴活。

他們爲你在台灣文學館開追思會。

墨綠色邀請函打開，彷彿回首你的從前。

正面，依然是你告別式微笑、內斂的遺照；背面呈現著歲月痕影，泛黃色澤卻是年輕。孰忍不過，你一向羞赧的笑意面對芸芸人生，可不是？包括所暗自壓抑的款款深情，以及難以言宣的文學壯懷，你沈鬱、默然皆形爲病痾。

洪醒夫英年早逝，對你無疑是次哀痛。那年，我們南下府城，滿街燦紅如火的鳳凰花開了，走出火車站，轉搭興南客運擬往南鯤鯓。

我，不想再寫作家評傳，想寫小說，好嗎？

你囁嚅地吐露此一盼望，似乎隱忍已久。

我側首看你，削瘦之顏在午陽下紅潤著，好像對暗戀久矣的戀人終於勇敢地表露心事。

那就寫嘛，你漚汪家鄉應有童年往事。

可以嗎？我不像你那般浪漫，文字太硬。

太浪漫就是濫情，你比我沉穩怕什麼？

這是二十年前，我們的車站對話，第二年，你「大雞晚啼」的出版了第一本短篇小說：《蘿蔔庄傳奇》。很好，你終於寫小說了。

一向溫和、儒雅如你，寄身於嚴肅、保守的公家文化機構，不多話，盡職工作；我卻明白你多少揹負著我們這群被國民黨戒嚴體制下，被目爲「異議作家」與你爲摯交的困擾；堅執、友情的你，自始不曾勸說，盼我們少批判執政當局，這是你的溫厚。你對朋友的尊重。

記得那年，救國團所辦的「復興文藝營」，你膽子眞大，竟邀請了我和林雙不、苦苓擔任了散文、小說和新詩的駐營導師，另一組報導文學是陳銘磻。我們三人的確替你惹上麻煩，長達一星期的文學營，分競合擊，從彼時被視爲異端的「台灣鄉土文學」說到「作家是永遠的反對者」等等……聽說事後，你即因此事件辭卸救國團職務，如今在大學任教的趙慶河在會後被長官嚴厲告誡，甚至上了「黑名單」……你不曾埋怨我們，不曾告之。這是何等了不起的情操與擔待，想見你對文學友情之疼惜。

二十年後，卻在追思會請帖上，釘著黃色蝴蝶結的單光紙上印著你的遺墨——

儘管作家走在時代的尖端，
有權首先對社會的問題提出批評，
然而他必須具備一項基本條件——
即「對人類社會的關懷」。

原來，對文學態度，作家定位，你早已了然於心，不顧自身可能遭難，願意成全朋友。

南台灣五月，鳳凰花應如期燦紅如昔，文學館追思會，在最接近你故鄉的府城；文學靈魂就像自由的蝴蝶，從板橋幽然地飛翔去吧。

你從此與我斷訊，與愛你的家人及文學。

自由的飛吧，你是台灣最壯美的蝴蝶。

——原載二〇〇五年五月十九日台灣副刊

陌路與望鄉

五十歲之後，說的盡是斑剝追憶
譬如古老長街的城隍夜巡，
我們的童年同樣，歡耀在星火迸裂
之間，彷彿之夢相距十五年

月，印證著九歲的你，噤聲不語的一九四七
畫家父親是否帶你走過天馬茶房？或者
悲怨地攪拌東洋膠彩，猶如深鬱

我依然偶而靜靜行過你久別的茶行巷弄

暗影般地大正建築，母親幽幽地奔跑
向海。為你追索連小說都難以排遣的
鄉愁，而今夜星光燦爛……

——〈越洋書〉

這是我寫給小說家郭松棻的短詩。詩題名是：〈越洋書〉。想見必得穿過萬里之遙的幽幽太平洋，抵達小說家海外寄居三十多年的北美大陸，若有心的讀者願意攤開美國全圖尋找確切的位置，那就是在東部瀕臨大西洋的紐約市以北百里的丘陵地帶了。

一九九五年冬季，七十年罕見的大風雪猛烈侵襲美國東岸。我從台灣飛往紐約的長榮班機在西雅圖機場意外停滯了近三個小時，心中深感不妙，在猶如玻璃盒子般的過境抽菸室，讓來回玻璃牆外的旅客當作動物般觀賞。厚著臉皮，一連抽了兩根淡菸，機場終於廣播著：由於紐約甘迺迪機場被大雪掩蓋跑道，所有飛往彼地的班機全部誤點。

平時從台灣去紐約，西雅圖是中途點，有五十分鐘的停留。飛機加油，旅客下機舒緩筋骨，抽菸上廁所跑免稅店，一停三小時的空檔，竟然想起在此久居的兩位秀異文學家：楊牧與陳芳明。由於離他們很近，那種獨自旅行的孤寂因此暖熱於心，至少再上了飛機，明白六個小時的航程與紐約更近了。

入夜，機窗外呈現繁星璀璨的世界第一大城，燈火不滅的曼哈坦，愛麗思島上泛著青冷的自由女神像，燃燒般輝煌的布魯克林橋。九年未見的New York City我再次重訪啦！內心興奮的吶喊著。長榮班機上的英籍機長從播音器裡，輕咳了一聲，帶點微微懊惱的歉意說話了：JFK塔台宣布，因爲所有跑道都積雪，空域待進場的各國客機都在排隊，靜候流量管制（聲音忽而靜止了兩、三秒鐘？）。換上輕鬆（故意強作鎮定嗎？）的語氣接續了：我們去大西洋上空逛一圈吧。原本充滿喜悅的心硬是被壓抑了一個小時，疲倦的走出海關，前來接機的畫家黃志超及洪淑娟夫婦已望穿秋水般的等了我整整五個小時，更令人氣結的是別人誤領，我也拿錯別人的行李（三天後，由於黃夫人鍥而不捨的向長榮航空追索才換回，那三天我所穿戴的都是畫家的衣帽），相見的第一句話是：小說家郭松棻好嗎？

這正是我此行最重要的目的。我不曾見過郭松棻，近二十個小時的飛行旅途，閱讀著厚達六百多頁的《郭松棻集》（前衛版一九九三年十二月），並且揣想相見時，如何將本人與小說完整的連接在一起？存在心中多年的一闋傳奇終於在翌日，也就是一九九五年十二月二十日雪停後的近午，畫家夫婦帶我進入了台灣被驅逐出來二十年後的聯合國大廈第二十三樓，一扇研究室深褐的木質門扉，畫家熟稔的輕敲兩下，一個溫文爾雅，我所習慣的鄉音從門後應聲，門啓，小說集卷首黑白相片的人在我眼前，果然就是郭松棻。

●

包括他的個人小說集或其他各種選集裡，似乎都是這般的介紹這位秀異的小說家：

郭松棻，一九三八年生於台北市，父親爲畫家郭雪湖，一九五八年發表第一篇短篇小說〈王懷和他的女人〉於台大《大學時代》，一九六一年台大外文系畢業，一九六三年在台大外文系授「英詩選讀」，一九六五年參加電影《原》的演出。一九六六年赴美進加州柏克萊大學唸比較文學，一九六九年獲比較文學碩士，一九七一年放棄博士學位，投入保釣運動。一九八三年再度開始創作小說，以羅安達之名發表作品於《文季》，接著〈機場即景〉、〈奔跑的母親〉、〈月印〉、〈月嗥〉發表於港台報章。現旅居美國。

如果讀者有心更詳盡瞭解小說家創作之外的心路歷程，應從以上的簡介裡思索郭氏何以在一九七一年「放棄」博士學位，而「投入」風起雲湧的保釣運動？同爲保釣健將的張系國曾以此運動爲背景寫出《黃河之水》長篇小說。曾是郭氏老戰友的劉大任亦不缺此一壯闊年代的「革命」作品。讀者們（包括我在內）縱覽郭氏小說，卻少見其深入的、全面的以保釣運動爲主軸的小說，這對於一向深讀郭氏作品以及研究的學者、評家想是難以明晰之迷霧。

哪怕連我在內，近十年來頻以書信、電話與之交談，問及保釣運動何以難見郭氏之作品，皆如同清風明月的淺答說：也許不久會著手書寫吧？印象裡，郭氏是作品未完成、發表，是不會先作陳述，這是他一向的嚴謹與謙遜，亦是學院訓練的踏實與求眞的本性吧？

其實，讀者可在《郭松棻集》卷末第六二五頁，方美芬編，郭松棻增訂的〈生平寫作年表〉中，多少推敲出郭氏在出國留學後思想轉變的軌跡。在一九七一年三十四歲，放棄博士學位研讀，「專志」投入保衛釣魚台運動。年表所標明，正是台灣被驅離聯合國當年，美國將二次大戰後所託管的琉球群島（包括釣魚台？）交予日本，引起中國大陸與台灣一片驚愕、對抗之聲，主因正是百年領土主權未明的釣魚台列島（日本稱之：尖閣群島）之爭執。郭氏義無反顧的放棄博士學位，投身保釣運動，無可置疑的愛國心與理想性，這從他往後復筆的小說風格可洞悉其與生俱來的一種生命浪漫卻自信的堅執；運動亦是種革命，成功或失敗，對於理想主義、自由意志的實踐者到頭來，可能就形成幻滅或虛無。有識者曰：七〇年代初的保釣運動，事實是被政治角力的中國大陸與台灣出賣了。這歷史公案，唯有郭松棻本人藉由小說或自傳形式，方可還之大白吧？

增訂的年表中，值得注意的是郭氏從一九七四年三十七歲至一九七八年四十一歲，這風起雲湧的「革命」歲月裡，盡見其思潮性論述，如〈戰後西方自由主義的分化〉、〈從「荒謬」到「反叛」〉、〈冷戰年代中西歐知識人的窘境〉、〈現代宗教法庭和新教養〉、〈替無產階級規定歷史任務〉、〈行動中的列寧主義〉等等，所發表的刊物皆以左派思想爲著，香港之《抖擻》、台灣的《夏潮》。尤其在一九七四年七月，他進入了中國大陸，以一個土生土長的台灣知識分子而言，是探索社會主義的眞相，抑或對祖國原鄉的傾往？早在一九七二年就被彼時威權統治的國民黨政府將之列爲「黑名單」人物，與海外台灣獨立主張者同爲被拒返鄉之群。同一年，他進入聯合國工作。

一九八三年，郭松棻意外的回到了文學。「革命」志業受挫？還是幻滅了原先巨大的期望？也許更單純的，他只想靜靜的重拾心愛的小說之筆，這是小說家以文學淨化自我的開始嗎？

●

坊間至今可尋得郭松棻小說結集三冊：

《郭松棻集》（前衛出版社一九九三年十二月）
《雙月記》（草根出版社二〇〇一年一月）
《奔跑的母親》（麥田出版社二〇〇二年八月）

三書選文各有重複。主因在於郭氏於一九九七年六月三十日凌晨一時中風，從睡眠裡翻落地面，在這之前身體硬朗，毫無病徵。同年三月春冷時節，郭氏令華文讀者期待多年的名作：〈今夜星光燦爛〉才剛發表於台灣的《中外文學》。四萬字中篇小說的雋永佳構，評家以郭氏爲二二八事件時的台灣行政長官陳儀翻案或揣其心事的爭論仍在方興未艾之際，小說家卻中風倒在萬里之遙。

小說家不做無謂的回應。同是小說家的妻子李渝幾近精神崩潰，卻以令人難以承擔的自信心、意志力，將郭氏從死亡的邊緣呼喚回來。讀者可從李渝女士的小說集《應答的鄉岸》（洪範書店一九九九年）前序求得印證。待數月安心復健後，從越洋電話中，郭氏以略爲結巴卻精神矍鑠的語氣與我對話，深度倦怠裡呈現著無比的堅定，令電話這方的我爲之感傷欲泫，要他一定保重自己！怕礙了他養病，不捨他虛弱、費神勞心，匆匆數語問安，只記得掛線之前的最後一句話：您的「保釣」小說還沒寫出來呢。掛上電話，這才發現自己是多麼的冒犯、不敬……

過了千禧年，彷佛深怕小說家會忽然從這荒冷的世間螢火般的消失了，我一直活在某種無以形之的深深恐懼裡。每隔個半月給他一通子夜撥出的越洋電話，有時給他寫信，慢慢地，感覺到他健朗許多，回復到平時可聽可說的狀態。有時收到他的航郵，歪歪斜斜的刻字，一張信紙要分好幾天寫就，信中有時消沉如陷谷底。實在不忍心，我勸說別回我信，太辛苦了，他依然捎來遠方音息。

二○○一年一月，草根出版社將郭松棻的中篇小說〈月印〉、〈月嗥〉合為一書，同是前衛、草根出版社發行人的林文欽將之命名為《雙月記》。此書延宕了五年之久。一九九五年冬在紐約與郭氏初見，就是帶著此書之邀稿函面交，而他在病後，意志不免消沉、自傷，甚而想放棄《雙月記》的出版。我一再懇請其「至少讓關心他的故鄉朋友們知道郭松棻還勇健、不屈的存活在這不美的人世間」，終獲應允，囑為此書作序，自是誠惶誠恐地以〈遠方來信——試寫郭松棻〉一文，配合書的問世，發表於二○○一年元月七日《聯合報》副刊。

費心交代郭氏中風後的種種磨難，是要真實呈現一位少為台灣讀者所熟稔，卻深具國際視野、美感獨具的秀異小說家，所經歷的痛苦及堅毅的生命力。亦讓對郭氏一向陌生的文學愛好者多少認識這位與白先勇、王文興、陳若曦、王禎和同期的台大外文系文學好手的內涵深蘊，由於政治理念，被放逐於外的望鄉之人。《雙月記》出版，即獲當年的巫永福文學獎及《中國時報．開卷版》十大好書殊榮，果然遠離了三十年的台灣故鄉，無私、慷慨的接納了郭松棻。繼而是由陳芳明及王德威主編的麥田出版社「想像台灣」系列首冊，收入了包括〈月印〉、〈奔跑的母親〉、〈草〉、〈雪盲〉及中風前最新的力作〈今夜星光燦爛〉。擇其中「奔跑的母親」爲書名，以著厚實、經典的方式在二〇〇二年八月堂堂問世，王德威教授並以〈冷酷異境裡的火種〉爲書前評序。

至此，郭松棻小說三集，得以完整呈現給故鄉，亦是傳遞回可喜的文學問候。

●

評家論及郭松棻小說，各有詮釋之言：

綜觀郭松棻的作品，發現他慣用美學轉換的手法，縱使連「政治控訴」的小說，也試圖超越「社會反映」的層面，而伸入「內心世界」，企圖將人性的深邃細密幽微複雜刻劃出來，也就是將人際之間性靈志趣的相互感染神通契合表現出來。雖然，當我們在閱讀他的作品，難免被意象、情境、人物的歧出交揉，搞得眼花撩亂，但是深藏於他小說世界中的瑰麗迷人之處，就是在線索紛雜中，蘊含無限的遐思空間，一切都令人迴腸盪思不已。

——《郭松棻集》序：〈横切現實面・探索內心世界〉，羊子喬撰特別值得一提的是在《郭松棻集》卷末，美國約翰．霍普金斯大學英國文學博士董維良所寫的〈小說初讀九則〉，可說是郭氏作品極爲鞭辟入裡的導讀。評析：〈奔跑的母親〉、〈機場即景〉、〈月嗥〉、〈雪盲〉、〈草〉、〈那嗟嗟的腳步〉、〈成名〉、〈向陽〉、〈論寫作〉等九篇小說，說是導讀，更有著散文形式的美感與知性交融，這必得要讀者細心品味，董維良教授彷如溯河入幽林的康拉德，穩健而帶著浪漫的探索，爲讀者掀開郭松棻小說魅力無窮的神祕面紗，卻又清晰的解碼揭祕。

再來，我們靜心的翻讀，有關哥倫比亞大學東亞系教授，評論家王德威先生對郭氏的看法：

郭行文運事凌厲精準，〈月印〉、〈雪盲〉等構思繁複，寄託深遠，但修辭上的寡淡骨感卻一如電影劇本的分場鏡頭。尤其可以注意的是，他的作品絕少提到釣運的種種，有的反而是台灣早期的歷史創傷，或浮世人生的倫理糾結。彷佛經歷了一場大考驗，他反能從其中抽離出來，轉而思考更曲折廣闊的生命面相

——事過景遷，一切盡在不言之中。比起兩岸各色傷痕反思文學的涕淚吶喊，郭松棻的選擇，仍有他毫不妥協的姿態。

——《奔跑的母親》評序：〈冷酷異境裡的火種〉，王德威撰

以上所舉評文只是羅列一二，主要是以郭氏最重要的兩本小說之評序。其他重要評論有早期主編《一九八四台灣小說選》收入〈月印〉的唐文標所撰〈無邪的對視——評「月印」〉及張恆豪在一九八九年「二二八文學會議」論文：〈台灣小說裡的「二二八」經驗〉（此文似未在刊物發表）。資料顯示，張氏後來在一九九五年四月，台灣師大主辦「第二屆台灣本土文化學術研會」論文〈二二八的文學詮釋——比較「泰姆山記」與「月印」的文學觀點〉不知是否爲前文之延伸？吳達芸教授收在《郭松棻集》裡，有關〈含羞草〉與〈草〉的文本分析之〈齎恨含羞的異鄉人〉。晚近則有南方朔〈廢墟中的陳儀：評郭松棻「今夜星光燦爛」〉（《中外文學》一九九七年三月）、李桂芳〈終戰後的胎變——從女性、歷史想像與國族記憶閱讀郭松棻〉（《水筆仔》一九九七年九月），及附錄於麥田版《奔跑的母親》卷末，許素蘭撰：〈流亡的父親・奔跑的母親——郭松棻小說中性／別烏托

邦的矛盾與背離〉(《文學台灣》一九九九年十月),最近得之則是與郭松棻電話連繫,由他告之馬華小說家,任教於暨南大學之黃錦樹所撰評文:〈詩・歷史病體與母性〉(《中外文學》二〇〇四年六月)更符合郭氏本人小說所要表現的精神蘊涵,可謂深得他的認同。

與我同一代的小說家宋澤萊,不久之前曾和我談及,郭松棻作品足以象徵六、七〇年代「寫實主義」創作形式之極致,如今哪怕有吾輩者以此典範奮力追趕,亦難以超越。那麼,郭松棻小說的本質究竟爲何?前列各評家所擷取之片段詮釋、論析多少可讓不諳郭氏作品的讀者有初步的依循,但同爲小說創作者的我,還是相信,只有全面用心研讀郭松棻小說,方能一窺其深邃之堂奧,而非一廂情願的透過他者或評論或轉述。畢竟在文學的領域,只有作品本身才是最終之途,沒有創作就沒有評論。

●

「去年這個時候,她是什麼樣子?」

他突然想起這樣一個問題,一時連自己也難以想像。

時序更番推移，他似乎在長年的昏睡中，於今第一次甦醒了過來，下午烏雲籠罩，妻剛剛擦過的榻榻米蒸發著一股藺草香。躺下來，好像躺在流水上。天空雷電閃閃，他一個人悶在空房裡，想著妻子的身體。

近來，尤其是文惠一出門，他就不斷有了色念。他盼望春天，春天來了。可是不知怎地，人還是昏昏沉沉的，總醒不過來。

——〈月印〉

母親又從另一根石柱的背後伸出她的半張臉來，那充滿戲謔而又無語的臉。

我奔向母親的方向。

然而，我每跑一步，母親就後退一步。

母親好像決意離我而去，又好像在跟我捉迷藏。

她在石柱後面，把自然藏起來，然後暗暗地笑著。

久久，才又伸出那半張捉弄的臉，無言地看著我。

「媽。」我大叫了一聲。

母親乾脆跑了起來。她在馬路的中央奔跑。

她望著那更漆黑的遠處跑去，好像奔向海。
那麼拼命，那麼固執，那麼決絕，跑得一頭長髮都飛了起來。
她把我一個人留在黑夜的這一頭。

——〈奔跑的母親〉

就這樣，你第一次接觸到了魯迅。
廣漠的夜空。日本教授舉杯的姿勢，有如振臂。他操著沙啞的聲音，感慨的說，這是怎樣的一種生活啊。
「來，爲你那位作家乾杯，爲——」
「魯迅。」
「對了，爲魯迅乾杯。」
從研究室回到公寓，從這點到那點，直線最短。你扶著爛醉的日本教授跌跌蹌蹌走出研究室。自從治好了痔瘡，他再也不鬧著要走出這沙漠了。關於研究室私藏烈酒的事，他的太太和系主任都不再過問了。從此他只是偶爾若有所思，低下頭，就細細數起他的家譜。從江户的父親，數回到四谷的曾祖。而繼承了紙傘業的哥哥聽說最近生意破產，捲款私逃了。

「回到你的國家，你也教不了你的魯迅。」

他用這種激將法，想勸你安身於此地。頭頂上，星辰正在分裂著天空。那靜闃無聲的作爲，比起閃電劈開雲天更其詭詐。

——〈雪盲〉

想不到鏡子會跟他吵起架來。

他站在它的面前，本來那血脈和骨架依稀可見的人影正在失血萎縮。他努力構生的圖像越來越不眞切。他屏息專注，將全部的心力集中在他的凝視中。然而鏡子已不接受他的意旨。

他急躁不安，甚至有點慌張，他無法控制自己。他的飲食和睡眠受到干擾，他不得不把工作停下來。有一天，玻璃杯被他捏碎在手心，他看見自己的血混著潑濺的冰水流到地上，他才整個人清醒了過來。

現在，那影子又模糊來到鏡中，不過，整個畫幅有些改動。在可以稱之爲人形的背後有新的東西閃現。經過幾天的端詳，終於悟得那原是自己家鄉的景色。他沒有一點疑惑，馬上了解這就是鏡子與他爭論的要點所在。

從這天開始，他不再推拒記憶。

——〈今夜星光燦爛〉

●

列舉四篇小說摘句，自無法呈現郭松棻作品全貌，但多少能讓未曾接觸的讀者推敲屬於「郭氏風格」之一二。我認爲縱讀郭松棻小說之後，所得之的正是「陌路」與「望鄉」之本質，所謂「斯土者斯言」，以一九八四年七月二十一日至三十日，刊登於《中國時報．人間副刊》的小說〈月印〉而言，背景是在日本殖民時代結束到一九四七年二二八事件之後的國民黨綏靖軍隊「清鄉」時期。小說裡的男主角鐵敏參加了左派讀書會，熱中於戰後台灣回歸祖國的重建，充滿了當時知識分子的熱情純眞。二二八事件的發生，凸顯了中國文化和被日本統治了半世紀的台灣之文化差異與衝突。小說走的是郭松棻一向的文風，溫文裡含帶堅定，對於終戰前後的台北更有詳盡的風物寫實，將歷史融入文學，卻不流於宣教俗套，讀者看完〈月印〉等於無形瞭解了一九四七年左右的台灣人情境，是相當彌足珍貴的國族經驗。

因為身為畫家郭雪湖之子，老台北大稻埕，包括他成長的延平北路、迪化街，他所就讀的日新小學，信手拈來皆是老台北的記憶。在他從「專志」的保釣運動回到文學領域之時，他已在聯合國工作多年。

這其間，郭松棻是個「無國籍」（被台灣當局取消護照）之人，身為聯合國職員，由於任務所驅，縱走東亞、歐非。在工作之餘，靜靜的執筆書寫，在陌路之途，由於重返文學，相較家鄉執政者給予他「放逐」的罪名更嚴峻的懲罰，毋寧就是對台灣深切的「鄉愁」了。與郭松棻熟稔的我，自始不曾問過他在職務之間，過境台灣（或只是搭飛機由高空掠過）前往日本或東南亞諸國，接近母土，內心的感觸如何？心緒敏銳如他，絕不是冷漠以對，必然是波濤洶湧吧？而他在寄居三十多年的北美大陸，深夜窗前一盞孤燈之下，書寫的小說盡是台灣，這情何以堪？我不敢問，不忍心問，怕他傷懷。

一九八九年，父親的紀念畫展在台灣，他回來了一段短暫的時日。他所撰寫的郭雪湖先生評析，在我所主編的副刊上發表，我卻無緣得見，直到六年後，飛越千山萬水，在凜冽的風雪中專程拜訪。其實從一九八四年〈月印〉在台灣發表後，這位秀異的小說家一直在我的仰望中。離鄉三十多年的小說家，我始終不曾覺得他眞正告別了這片至今依然政爭不斷，族群問題被政客蓄意操弄的美麗島國。郭松棻的小說縱然所描述的是人在異鄉（如〈草〉），亦不脫離台灣的種種記憶，不正明白顯示，在鄉愁與落腳異鄉的流亡歲月中，小說家不斷的以作品喚起家鄉的形影，深怕跌落「失憶」的陷阱，一旦沉落，就難以接合、連繫。這是郭松棻內在的長久哀傷，亦是台灣這膚淺之土的宿命，輕人文、重表面，只有民粹口號，缺乏眞正文明本質的相互涵容、尊重。

台灣，難道眞的不需要好的小說家？在這只見沉淪，不見提昇的貪婪之島，小說家有的噤聲不語，有的落拓老去，有的自我流放在異國他鄉……也許，連大部分的台灣人都已忘卻「文學」二字，竟日追逐權位、名利、粗暴、世俗。心有定見、深邃心靈的文學作家只有後退再後退，所有遵循「作家是永遠的反對者」之人，則成了異端的極少數，永遠格格不入，不合時宜。

郭松棻在域外，陳映眞在島內，這是以上所形之的兩個典範，若有評家、學者發願以宏文深論，應是文學盛事一樁。除了在小說藝術上極力尋求美學的無垠提昇，更在文學上構築其一生信仰的政治理念，從青春到壯老，人格與文學皆不改其志，値得致上無比敬意。若以中國文學家比之典型，以魯迅評比並不爲過。

《吶喊》明顯在陳映眞小說處處可尋，而在郭松棻作品裡，呈現更沉潛的勁道，亦是他在溫文的筆觸裡，透溢出那份無可比擬的自信與堅定，如同革命。

●

年少時代的革命壯懷如果是熾熱的火，壯老之後的小說就是溫潤餘味的醇酒。小說家註定是天生的「無政府主義者」。揣想，倘若郭松棻沒有離開台灣，以他的生命堅執，怕亦難逃如陳映眞之宿命。縱觀郭氏小說，天生就是個「異議者」角色，其實普世之下，百年來卓越的文學家，誰不是無政府主義、誰不是異議者？我願大膽的說，郭松棻作品的殊異性就在這裡。看似婉約、溫潤的字句組合，卻呈露人類生命最巨大的對抗。如同王德威教授所評述的：「郭松棻的選擇，仍有他毫不妥協的姿態。」

這句鏗鏘有力的形容，印證郭松棻的小說及其人格、風骨可謂知己者言，讀者從〈今夜星光燦爛〉足可一窺堂奧。

小說中的將軍，曾經權傾一時，無奈統治者以其逆向反思懲以重罪，解職禁錮於他所慣住的行館，最後難逃槍決之命運。

如同評家南方朔先生在〈廢墟中的陳儀？〉所論，讀者亦可能聯想到抗日初期「西安事變」的張學良或「台灣兵諫」的孫立人，但這兩者後半生被蔣介石予以軟禁，幸未被誅。二二八事件，蔣介石以陳儀未能平靖民變且可能變節投共而歸罪處決。此一歷史公案自是小說家所勤於探索、揣測，南方朔評文有合理的論定，但小說終究是小說，意識形態或歷史評價無形之間浮沉於小說字句，若以小說家試圖「平反」或「異議」，不啻是教小說家太沉重。

特別請有心的讀者注意〈今夜星光燦爛〉，文中除了彰顯郭松棻殊異的美學構成、歷史軌跡、情境反思所組合的小說藝術之外，更十足凸顯郭松棻那「毫不妥協的姿態」。

書寫至此，文已盡意。倦而回首窗外露台，艾莉颱風之後的闃暗子夜，一片黑沉，不是小說家筆下的「今夜星光燦爛」；再轉頭回桌前五百字橫格稿紙，桌面靠牆的中央，友人遠從中國上海專程攜回贈我的「魯迅」青銅頭像，靜靜的與我對看，那清癯、滄桑的瘦削之顏，透溢著眼神一片望向前方的些許茫然，卻是堅毅不屈的沉穩自得。很像，郭松棻。

很像郭松棻，我抵達那積雪的丘陵家居，他正埋首賣力的鏟開門前雪堆，唇間呼著白氣，我輕喚他的名字，回過頭，是初見的那抹溫文爾雅的笑意。而那夜，星光燦爛如恆。

——原載二〇〇四年十月二十～二十四日中央副刊
二〇〇五年七月《印刻文學生活誌》

孤挺花

一九九六年初到二〇〇五年夏，近十年的悠悠光陰中，郭松棻與我維持著大約每星期一次的越洋電話聯繫，少談文學，多的是台灣故鄉事，更多的是我們青少年乃至於上溯童年的老台北大稻埕之追憶；有時爲了重新印證他所逐漸濛去的古老街巷，如茶行、南北貨、布莊聚市的貴德街、迪化街、塔城街，乃至於畫家父親郭雪湖先生時常攜他前往，延平北路二段，昔稱「太平町」附近的山水亭、蓬萊閣餐廳……我皆代爲行過。告訴郭松棻：「現在僅留下波麗露西餐廳，你回來吧，我帶你和李渝去。」

郭松棻在幾年前，以著中風後，不擅的左手練字，爲我奮力地「刻字」回信，歪歪斜斜的字體，猶是一派堅定、冷靜的語氣說：「能夠回到台灣的話，最大的心願就是與你在中山北路三段與撫順街口的咖啡店裡喝俄羅斯紅茶。盼你伴我去民生西路底的六號水門，在台大時，常帶那時還很少女的李渝，看落霞映照的淡水河……。」

對不起哦，郭松棻。你，永遠不再有機會完成返鄉的願望了。哪怕一起喝俄羅斯紅茶的相約，那咖啡店應就是「上島」，我住了三十年舊居巷口的老店，七年前我遷居大直，再回去時，上島咖啡不在，改成婚紗禮服。

郭松棻的記憶凝凍在三十年前，此後就是自我流放的北美大陸，從加州到紐約。詩人初安民爲《印刻文學生活誌》二〇〇五年七月號「郭松棻」專輯的標題下得好——「凝視原鄉的異鄉人」。我帶這新出版的雜誌疾行赴美，凝視原鄉三十年的郭松棻再也看不見這本書。

●

小說家李渝前往香港浸會大學客座行前，言明她不在紐約，郭松棻盼他台大哲學系摯友孟祥森與我能在六月初同行赴美，共度一段時日，孟決定六月七日搭美航（ＡＡ）前往。四日，郭的老友，作家曹又方約我們在她安和路寓所午餐，送別孟祥森兼交代對郭之問候。

「你還是無法成行嗎？好可惜。」郭松棻在子夜越洋電話裡，低微的語音有些憾意。

「你和老孟應該有好多昔日回憶可聊，像殷海光、台靜農……，也許明年秋天去看你。」

「我和李渝等你，明年秋天，滿樹紅葉。」

明年秋天與郭松棻之會，永遠彼此爽約。

一九九七年六月三十日凌晨一時首次中風。

二〇〇五年六月三十日向晚六時三十分，再度中風。腦血管中凝塊已將部分血管完全阻塞，腦部缺氧壞死。孟祥森在側，正與研究者在餐桌前進行訪談時，忽地怔滯，唇畔涎落，傾斜倒下……，相隔八年，這次，再也難起。

七月五日凌晨二時，我翻看剛收到的《印刻文學生活誌》，那封面神采奕奕的頭像，舞鶴的訪談，我的印象記，仍未拜讀的六萬字中篇小說〈落九花〉……，慣常的一星期或半個月的子夜越洋電話：0021-9147……，紐約午後兩點鐘，興匆匆的要告訴郭松棻，你的專輯終於出版了。電話鈴響了幾聲，對方拿起，陌生的男聲，略帶壓抑、隱含防衛，問：您，哪位？我報上名字，陌生人彷彿一下子解除心防，急促而慌亂的說：我們等著你來，我大哥要拔掉維生系統了，我是他弟弟。郭松棻五天前再次中風，在加護病房，怕不行了。

徹夜難眠……，思緒紊亂，郭松棻怎麼？

七月五日上午十時，麥田出版社編輯傳遞急訊：「李渝盼你盡快去紐約，郭松棻先生決定要拔管了。」下午十六時十五分華航班機，盡是歡顏人眾，最後一排靠窗位，憂愁的我。

●

十年不見的小說家彷彿沉睡安詳的姿態。

華髮怒張，還是昔年保釣健將的不馴嗎？

靜靜地，靜靜地，走入紐約Westchester醫院加護病房，我來見你最後一面，帶著詩人初安民叮囑，而你不再也無以見及的專輯雜誌。

你眞的全然喪失神志了嗎？呼吸管子強韌地撐開雙唇，微蹙眉頭，一種吶喊不屈的堅執方式，你不是告訴我，最服膺魯迅與沈從文嗎？一如你小說裡詩般的壯懷與溫柔之堅毅……，你所堅信的「作家，是永遠的反對者」以及「作家是自己的政府」的理念一生沒變，而此刻，你的一生卻在離原鄉台灣萬里之外的異鄉，宣告決絕，昔時的爭論與被誤解都不重要了。

王德威教授形容你——「郭松棻的選擇，仍有他毫不妥協的姿態。」而你卻無法選擇生與死，這才是人世最大的悲哀。

我靠近你，老朋友啊，輕擁著已經腦死的沉睡頭顱，在你耳畔問候，一如十年來我們每星期一次的子夜電話，少談文學，多的是相仿的故鄉記憶，老台北大稻埕，你的童年不就鮮活在〈奔跑的母親〉及〈月印〉之間嗎？你的小學唸圓環邊「日新」，我念台北橋下的「太平」。你問，第一劇場還在嗎？我說，拆了蓋大樓，不過永樂市場還在；光泉牛奶店對面的城隍廟依然。你問我，第一個長篇小說〈北風之南〉描述的東雲閣酒家呢？我回答，已經改建大樓，現在是勞委會辦公室。

問說，怎會搞「保釣」，搞到我服役時在政戰資料上看到「郭逆松棻」這陌生之名？猶如我在一九八六年首次赴美，參與「北美洲台灣文學年會」時，行前有關單位透過作家友人嚴正警告我，知道我要會面之人是「台獨」陳芳明。我很懦弱，但我明白是非爲何？面對文學，自始懷抱無上敬意，僅以意識形態論衡秀異的文學作家，無異予以枷鎖，我堅決抗拒。

去年耶誕夜，彼此在越洋電話中賀節，他兄長般寄語深長的盼我尋得下半生的「幸福」，輕嘆從萬里外隱約傳來，他忽地肅言：

「我知道這幾年你很辛苦，有時被誤解沒關係，作爲文學人，不必活在他者的期待裡，更不需被型塑成他者所要的樣子。中國在進步，愚民本質並沒有改變；台灣講民主，選舉卻讓原本淳實的民性變得粗暴。我何嘗不想回到台灣，只是人心那般敗壞，眞的近鄉情怯。」

我默然。知悉我倦於談政治，他解意轉題，回到文學來，談到長年有個心事：

「一直想重新改寫小說〈月印〉，也許寫成十五萬字長篇小說，要看身體的狀況。」

他期許我的幸福，而郭松棻自己呢？

●

夏雨不歇，不捨晝夜。

最後閱讀的臨窗半月形木桌，想見小說家臨危前翻看的四本書，由上而下是——

《看天族》（黃武忠）、《台灣早期現代詩人論》（葉笛）、《啊，荒野》（Eltriede Jelinek）、《呂赫若日記》。

心頭一緊！老友黃武忠四月傷逝，怎麼七月是郭松棻？《呂赫若日記》出版後，郭松棻要我轉告施淑女教授，謂之呂赫若失蹤前夜，去敲郭家的門，悄悄交了一串鑰匙給郭雪湖先生，不知交待何事？施教授聞之急呼——台灣文學歷史公案一件。我反問郭何不探問父親？

雨後窗前後院，百年蔚然成林的橡樹與楓樹，寬闊的草地適合郭松棻復健時緩慢習走，連接廚房的門推開，就是通向後院的杉木露台；我視野觸及應正是郭松棻所見，右側手植的美麗花圃，各式花葉，櫻草、雛菊、薔薇……，一株高於群卉，青瓷色帶珠紅的孤挺花，類似百合及曼陀鈴合體般傲立，酷似郭松棻氣質。

據說，孤挺花生性突出於花草之間，所以易被剪斷、摧折，因爲招嫉，誰叫孤挺花強出頭？這後院一角的花圃，彷彿莫內之畫一景。

醫生尊重家人決定，拔除維生的呼吸器，郭松棻張口，奮力呼吸，用力喘息，李渝及兩個已成年的兒子含淚爲已無神志的小說家更衣，那是郭松棻母親爲他編織的銀灰色毛線背心，李渝心痛、疼愛的輕撫生命逐漸衰竭的丈夫，一生從青春烈愛，到異鄉流放的艱難同心，這雙文學與革命的伴侶，終於要被徹底拆離。

李渝輕呼——松棻啊，我會帶你回台灣。

郭松棻一顆心猛跳，靜默的病房，眾人無語，只有清晰、沉痛的心音——碰！碰！碰！彷彿向著妻兒、他的姊妹、弟弟及我和孟祥森示意——郭松棻還活著，郭松棻不想走！

李渝親手剪下園中那枝孤挺花，讓正與生命作最後奮戰的郭松棻握在胸前，那炙熱的，猛跳的心輕觸花朵，孤挺花搖晃得那麼悲壯。

拔下呼吸器的小說家，以強韌的自主意志，存活了二十二個小時，毫不妥協的郭松棻！

台灣時間七月九日晨六點四十九分辭世，得年六十七歲。

——原載二〇〇五年七月十八日中時人間副刊

最美麗的時光

林文義

靜靜地，整理一冊符合自我要求的散文集，毋寧亦是回應某些讀者及編者的眞心期待。

從一九九九年誓言從近三十年慣性的散文書寫轉換爲小說創作，實是試圖去之濁思還原純淨。彼時，心境困頓，只覺生命異常艱難，不知道是長年積壓的勞神已致憂鬱症；任性、意氣地不顧一向所敬重的民主前輩施明德先生的極力挽留，辭去他的國會辦公室主任之職。

然後將自我放逐的旅行，峇里島、義大利、土耳其、日本、柬埔寨……要往何處去？茫惑之心，猶豫之情，只想予以將五十歲前所有的錯謬、悔憾作個徹底的清理、沈澱。遂有二〇〇二年秋到二〇〇三年春的手記集：《時間歸零》之誕生，其實亦意味跟往昔決絕告別。

摯友曾好意囑我，切莫再存活於往日的感傷裡，陷溺於現實生命的諸般波折。轉以小說書寫，自是祈盼抽刀斷水，心無罣礙。

小說猶若新境，令我有新人的喜悅卻也有逐老之蒼茫；因其壯闊，因其疏離，不似散文呈露本心，書寫正是探問芸芸紅塵千顏萬象，映照我純淨的最初何在？回溯三十年散文，竟覺泥沙挾珠玉俱下，多少折損對文學的虔敬。

多年來有心讀我散文的朋友，自可明白何以在二〇〇〇至二〇〇五，這五年之間，我如同「憨牛」，完成了已出版的四冊小說：《北風之南》、《革命家的夜間生活》（聯合文學版）、《藍眼睛》、《流旅》（印刻版）還有已完成、發表，未結集的十六篇短小說。

的確，我以小說多少救贖了自己的痛楚。印證著：文學果眞是自療的一帖良方。

自然因戮力小說，而遠疏了擅長的散文。

如果朋友有心尋索，會發現近年來我亦有詩作之呈現，那是在小說之餘，試圖向文學探問「幸福」之定義爲何？昔人嘗以我在散文中的美感、纖細之風格論定。不諱言，在小說沈潛，仍多少有散文心情的餘緒；或是文壇知交的遽逝，許是兒子遠到東引島服兵役，或者應中央大學中文系教授李瑞騰所邀，做自我的創作論述及小說家郭松棻之導讀。另如走訪日本春秋尋之作家足跡印證純淨與本質的反思映照……無論題材是什麼，相信皆以溫潤之心，涵容之情，不忍之痛呈示對文學的無上敬意。

出版了四冊小說之後，回首散文自有其眷愛。「我手寫我心」是堅執的信念，靜靜地編結一冊符合自我要求的新散文集，私心有著生命紀念冊的莊嚴，亦首次萌生幸福的喜悅；猶如叩問文學，戀人般地以眞心爲名且是印記。

二〇〇五年七月五日，對我是生命另一次風暴般之劇變。流放半生的作家郭松棻先生二度中風導致辭世，我疾行赴美伴他最後一程；這突兀而來的悲痛，情何以堪？朋友可在此書終篇之：〈孤挺花〉悼文見之我的無助與深沈的鬱結；眞的，我仍在驚愕裡。紊亂的寫就，若以結構論之，缺陷難免，但我已盡心。連接上篇：〈陌路與望鄉〉，也許讀者自可映照兩種心情，前之心亂，後之沈穩，由人論斷。

我感念，生前的文學前輩郭松棻，以著病中僅能驅使的左手，爲我費心逐日剪下在美國世界日報小說版的長篇連載：《流旅》。他的文學伴侶李渝每天踩踏紐約冷慄的冬雪，到小郡書店探問報紙來否？文學惕勵無以答謝。

如此，這冊散文集，名之：《幸福在他方》就有著無比紀念之意義。旅人及戀人，文學及反思構築成較爲完整的生命形式，亦是半百之年，心情安頓後，在潛心小說之餘，欣慰有著穩健的自我宣示，不負郭松棻先生十年之相知相惜。

這份相知相惜的感心亦要歸於詩人初安民。若非那年冬寒的以酒相勉，只怕小說仍與我緣慳一面。在出版上，安民兄從昔時主舵的《聯合文學》至今的《印刻文學生活誌》，皆以實質鼓舞著我不渝的文學書寫，這份幸福永誌在心。

文學，最美麗的時光，幸福不再是他方。

——二〇〇六年二月四日台北大直

INK PUBLISHING 文學叢書 123

幸福在他方

作　　者	林文義
總 編 輯	初安民
責任編輯	丁名慶
美術編輯	許秋山
校　　對	丁名慶　林文義
發 行 人	張書銘
出　　版	INK印刻出版有限公司 台北縣中和市中正路800號13樓之3 電話：02-22281626 傳真：02-22281598 e-mail:ink.book@msa.hinet.net
法律顧問	林春金律師
總 代 理	成陽出版股份有限公司 業務部／訂書電話：02-22256562　訂書傳真：02-22258783 訂書地址：台北縣中和市中正路800號11樓之2 e-mail：rspubl@sudu.cc 網址：舒讀網http://www.sudu.cc 物流部／電話：03-3589000　傳真：03-3581688 退書地址：桃園市春日路1490號
郵政劃撥	19000691 成陽出版股份有限公司
門市地址	106台北市新生南路三段96-4號1樓
門市電話	02-23631407
印　　刷	海王印刷事業股份有限公司
出版日期	2006年 5 月 初版

ISBN 986-7108-46-9

定價　240元

國家圖書館出版品預行編目資料

幸福在他方／林文義 著.－－初版，
－－臺北縣中和市： INK印刻，
2006〔民95〕面 ；　公分（文學叢書；123）

ISBN 986-7108-46-9（平裝）

855　　95008031